Yilin Classics

Virginia Woolf

经/典/译/林

一间自己的房间

[英国] 弗吉尼亚·伍尔夫 著

谷婷婷 译

译林出版社

图书在版编目（CIP）数据

一间自己的房间 /（英）弗吉尼亚·伍尔夫（Virginia Woolf）著；谷婷婷译．—南京：译林出版社，2023.7

（经典译林）

书名原文：A Room of One's Own

ISBN 978-7-5447-9805-1

Ⅰ.①一… Ⅱ.①弗… ②谷… Ⅲ.①随笔－作品集－英国－现代 Ⅳ.①I561.65

中国国家版本馆 CIP 数据核字（2023）第 099156 号

一间自己的房间 ［英国］弗吉尼亚·伍尔夫／著 谷婷婷／译

责任编辑 唐洋洋
装帧设计 胡 苨
校　　对 戴小娥
责任印制 颜 亮

出版发行 译林出版社
地　　址 南京市湖南路 1 号 A 楼
邮　　箱 yilin@yilin.com
网　　址 www.yilin.com
市场热线 025-86633278
排　　版 南京展望文化发展有限公司
印　　刷 南京新世纪联盟印务有限公司
开　　本 890 毫米 × 1240 毫米 1/32
印　　张 4.75
插　　页 4
版　　次 2023 年 7 月第 1 版
印　　次 2023 年 7 月第 1 次印刷
书　　号 ISBN 978-7-5447-9805-1
定　　价 36.00 元

译林版图书若有印装错误可向出版社调换。质量热线：025-83658316

译者前言

《一间自己的房间》被誉为“女性主义的圣经”，是一部女性主义的奠基之作，深刻地影响了女性主义运动和女性主义批评的发展。有趣的是，鲜有其他具有“女性主义宣传”性质的作品能散发出如此持久的魅力，不仅受到女性主义者们的青睐，时常被用作女性主义思想的入门教材，即便是在普通读者中，也享有极高的知名度和流行度。这种“名气”显然得益于它独特的文学性，弗吉尼亚·伍尔夫同时代的一位评论家曾把它描述为“盛开的杏树”，美且具有一种诱惑力。的确，这部作品中不仅处处弥漫着对文学典故和文学作品直接或间接的引用，而且摒弃了政论文直面现实的写作方式。它打破了现实与虚构之间的界限，采用了小说式的叙事方式，虚构了许多令人印象深刻的人物，其中最著名的当数莎士比亚的妹妹——朱迪斯·莎士比亚，伍尔夫甚至把自己虚构成了故事的叙述者玛丽·比顿、玛丽·西顿或玛丽·卡迈克尔，以至于时至今日，依然有读者或者评论者用“小说”来指称这部作品。毫无疑问，作为伍尔夫发表的第一篇女性主义的战斗檄文，《一间自己的房间》具有“反常的”可读性与亲和力，不仅语言优美，甚至带有些许与文中所讨论主题的严肃性似乎不相协调的戏谑、幽默、俏皮。

在出版前，伍尔夫甚至担心这部作品“不会被严肃对待”，同时也担心作品中“刺耳的女性特有的腔调”会遭到反感。事实证明，她的担心是多余的。1929年10月24日，《一间自己的房间》在英国和美国同时出版，并迅速成为热销书，在短短六个月之内就销售了22 000本，伍尔夫本人也对这种史无前例的销售速度感到惊讶，在12月的日记中，她自豪地宣称，“我们明年的收入目标已经提前完成了”。或许在这一刻，她才真正体验到了写作所带来的经济上的安全感，要知道此时的伍尔夫已经是位成熟的、有名气的现代主义作家，在她的书架上摆放着自己已经出版的六部小说，包括被视为现代主义文学经典之作的《达洛维夫人》(1925)和《到灯塔去》(1927)。

文学性的外表并没有削弱《一间自己的房间》的政治基调，相反，她提出的那句铿锵有力、简洁凝练的主张——“女性，如果想写小说，就必须要有钱和一间自己的房间”，已经成为女性争取经济独立和自我价值实现的一个有力的口号。虽然自出版到21世纪的今天，已经过去了将近一百年的时间，在这百年之内，女性运动也历经起起落落，几番改弦易辙，在并不总是朝着正确方向的道路上彳亍而行，然而《一间自己的房间》作为女性主义思想经典文本的地位从未被撼动过，它的影响力随着大众性别意识的崛起呈蔓延之势，并借由各种不同的媒介，从专业的学术领域向流行文化领域延伸。作品的标题本身似乎也汇入了现代文化词语之中，人们喜欢对其进行仿拟，把“房间”置换成“生活”“追求”“文学”等等，然而伍尔夫所使用的原初意象仍然具有最为强大的感染力。或许值得一提的是，《牛津英语词典》收入了“一间自己的房间”这个词条，把它界定为“属于自己的一个房间或地方，是象征独立、私密、自主等的一个符号”。这显然是在向伍尔夫致意，然而把“房间”当作是意义明确、内涵统一的意象，又或者把《一间自己的房间》看作连贯统一、毫无争议的文本，显然都是不可取的。在女性主义运动和LGBT等运动的洗礼下，书中的某些潜在的话语已经浮上水面被公然地讨论，比如当提到“克洛伊喜欢奥利维亚”这句话所暗示的女性同性恋时，伍尔夫还需要带着几分神秘来警告她的读者：“不要惊吓。不要脸红。不妨让我们私下承认，在我们自己的社交圈子里，这种事情时有发生。有时女人的确会喜欢女人。”莎士比亚妹妹的故事揭示的女性在父权制社会中所遭受的结构性压迫，她如何被系统性地剥夺了教育、就业、经济独立、从事写作和艺术创作的机会，也早已成了女性主义运动中的共识。因而，《一间自己的房间》的意义仿佛已经一目了然，写此“前言”似乎也显得多此一举，且有狗尾续貂之嫌了。然而，细想之下，我们对《一间自己的房间》仍然有诸多需要发问之处，比如最明显而又最容易被忽略的一个问题，就是为什么是“房间”而不是别的什么空间？既然伍尔夫强调女性写作，为什么不是“书房”这个听起来更权威、更私密、更带有精神维度的空间？为什么伍尔夫要如此强调写作之于女性的重要意义？我们很确定的一点是，并不是所有拥有金钱和一间自己的房间的女性都喜欢写作，反之亦然，那么伍尔夫做出这个结论是否带有个人的偏见？21世纪的现在，越来越多的女性赢得了经济独立，获得一间房间甚至是一套自己的公寓都不再是妄念，那么《一间自己的房间》里提出的主张还有现实意义吗？更重要的是，作为中国的读者，我们无疑会关心这样一个问题：《一间自己的房间》“旅行”到中国之后，意义发生了怎样的改变？要回答这些问题并不容易，我们一方面要回到历史的现场，重新审视伍尔夫与当时各种社会话语之间的博弈、对话，另一方面也要考量她独特的个人经历如何塑造了她的思想和观点。

《一间自己的房间》带有深刻的个人烙印。1882年，伍尔夫出生于伦敦南肯辛顿的海德公园门22号一栋典型的维多利亚住宅之中，父亲莱斯利·斯蒂芬是文学评论家、历史学家，是《国家传记辞典》的编辑，母亲朱莉亚·斯蒂芬，是典型的维多利亚时期"屋中天使"。由于父母双方都是丧偶之后再婚，所以在之前的婚姻中也各自有子女。因此，在这座"高、窄、暗"的维多利亚住房中一共住着斯蒂芬夫妇，他们的八个孩子，以及六七个仆人。每个房间不仅空间狭小，而且形状奇特。在维多利亚时代，"客厅"是整个家庭生活的中心，它在本质上是一个女性空间，也是中产阶级女性建立身份认同的最重要空间，维多利亚时代的主要建筑家之一罗伯特·克尔就把它称为"淑女的房间"。同时，这也是家庭接待客人的地方，这意味着在这个空间里，女性的行为要受到社会规范的监督和约束。关于维多利亚客厅的记忆，成了伍尔夫与维多利亚性别规约进行斗争的核心意象，也是她女性主义思想的主要构成部分。20世纪30年代，当伍尔夫在自传《往事素描》中回顾她和姐姐瓦妮莎在海德公园门22号的那栋维多利亚住宅中的生活时，这样描述她们在客厅中的"双重"生活：

> 从10点到1点我们逃开维多利亚社会的压力。瓦妮莎……绘画……而在这三小时内我会读书，比如柏拉图的《理想国》，或者拼写希腊文……到了下午一切开始改变。4:30左右维多利亚社会开始施加压力。那时，我们就必须"在家"。因为在5点钟，父亲必须喝茶。而我们也必须穿得体面些、整洁些，因为格林夫人要来；H. 沃德夫人

> 要来；或弗洛伦斯·比肖普要来；或是C. B. 克拉克；或是……我们不得不坐在桌子旁，要么是她要么是我，穿着体面，百无聊赖，随时准备聊天。这形成了我们现在都还在使用的“礼仪”。……我们要随时准备好寒暄；……而所有的一切都笼罩在维多利亚的礼仪之下。

当斯蒂芬家的男孩都遵循着相同的教育模式——先读公学、后去剑桥大学读书——的时候，女孩只能在父亲的指导下零散地自学、阅读，在客厅中接受着茶桌礼仪的训练。伍尔夫一直为没能接受系统的教育而耿耿于怀，她同时意识到客厅的训练不仅仅是行为的规训，而是深刻地、不易觉察地影响着女性的思维方式。在《存在的瞬间》中，她反思道：“当我重读《普通读者》旧文，我在那里发现了它。”她把自己文章中的“文雅”“礼貌”“含蓄”都归咎于这种客厅的训练。不难理解，从创作生涯伊始，寻求一个能够摆脱性别规约的束缚、获得一种心灵自由的空间，一直是伍尔夫作品的主题之一。在第一部小说《远航》中，她就把女主人公蕾切尔被送到了南美殖民地上，慷慨地赋予她一间自己可以随意支配的房间，“一个城堡，一个庇护所”，在这一空间里，她可以摆脱在英国住宅中两位姑母对她所进行的客厅的训练，不受干扰地读书、思考，专注于自我发展，使她从一个全新的视角来体验日常生活。伍尔夫几乎是用诗意的语言描述了由阅读所产生的瞬间领悟：“而生活，那是什么？它不过是一束光，掠过表面就消失不见，就像她最终也会消失。”可见，一个摆脱了维多利亚时代社会规约限制的空间，对女性教育、认知和身份建构意义非凡，然而，此时的蕾切尔或者伍尔夫，还没有找到拥有这一空间所具有的真正意义所在，直到《一间自己的房间》中，伍尔夫才赋予了这一切意义——写作。

在书中第二章，伍尔夫把场景设定在伦敦，在这章伊始，她鼓励读者想象这么一个房间："一个跟成千上万个房间类似的房间，从房间的窗户眺望，越过人们戴的帽子，街上跑着的小货车和汽车，就能看到对面的窗户，而在房间内的桌子上，放着一张空白的纸，上边用大大的字体写着'女性和小说'，再没别的内容。"换言之，这个房间本身并没有什么独特之处，它的意义取决于居住者在其间是否可以自由地、自主地支配这一空间，不受干扰地专注于自己的活动。接下来，在大英博物馆的探索无功而返之后，我们再次被引入到这个坐落于狭窄的街道上的空间之中，此时，这一方空间成了她探索历史上的女性生活状况的场所。虽然伍尔夫没有直接描写房间的样貌和布局，但我们可以猜测的是，房间里放置了许多书架，而书架上也摆满了各种历史书和文学作品，包括女性书写的作品。如果我们还记得在第一章里，急切想去牛桥那所著名的图书馆去探索的"我"被学监拦住，并被告知"女士必须在学院研究员的陪同下或者要有一封引荐信，方可进入馆中"，而在伦敦的大英博物馆中，"我"想要查询的女性生活的境况也无从入手，因为没有记载，与这两个象征着"知识和男性权威"的空间相比，"我"的房间似乎更能满足探索的需要。可见，虽然被男性空间排斥和边缘化，但伍尔夫并不想建构一个与父权制结构相对应的"母权制"结构，不想调用与男性的"书房"相对应的女性的书房这一空间，因为她敏锐地洞察到，两者实际上遵循的是同样的排他原则，建立起来的也是同样的权力结构。

因而，伍尔夫笔下的房间更为开放，它与外部世界的日常生活有着密切的关联："在我住的这条狭窄的街道上，家庭生活占据了上风。房屋粉刷工

正从梯子上爬下来；保姆们正小心翼翼地推着婴儿车进进出出，赶着去吃茶点；运煤工人正把空空的麻袋折叠好，一个个码放起来；果蔬店的老板娘正在用戴着红色连指手套的手，计算着一天的进账。”这些“寻常景象”，也是她继续思考女性与小说这一主题的灵感所在。而在拉上窗帘，打开台灯之后，“我”就可以轻易地从这样的外部世界隐退，陷入自己的思考和探索之中。朱迪斯·莎士比亚就是在这里被建构出来，也是在这里完成了对女性书写历史的梳理。可见这样的“房间”与作为家庭空间的房间或者维系利益时代的客厅有着本质的区别。也正是对“房间”这一意象的调用，使伍尔夫与同时代的女性主义话语之间的巨大差别。从19世纪末开始，家庭空间越来越成为女性主体性建构的障碍和束缚，因而无论是第一波还是第二波女权主义运动，都以“冲出封闭的空间”作为起点。相应地，以现代女性为主体的小说叙事中，逃离“父亲的住宅”已经成了女性力图建构自己身份的重要象征。伍尔夫虽然批判维多利亚社会所建构的“淑女的客厅”这种性别政治话语，但她并不像这一时期的其他作家那样，把对女性命运的探讨聚焦于她们如何进入公共空间；相反，她对女性进入公共空间一直心怀警惕。在她看来，公共领域的规则是由男性制定的，因而进入职场的女性往往需要遵守或服从这些男性规则和价值观，不一定获得真正的自由和独立，摆脱现有权力结构的规训和控制，实现真正意义上的自我价值。

了解了这一背景，我们再回到“房间”这个意象大约就可以更深刻地了解伍尔夫的用意所在。比起逃离家庭空间，伍尔夫更愿意重新思考、重新评估家庭空间的价值，与当时占主流的女性主义话语不同，伍尔夫并没有把家庭空间与女性创造力对立起来，相反，漫长时期的家庭生活的累积，让女性的创造力无比充盈。她写道:“好几百万年以来,女性一直坐在房间内,因而到目前为止,所有的墙壁都早已浸透了她们的创造力,事实上,用于修建这些墙壁的砖头、灰泥早已不堪重负,这股力量不得不把自己应用在写作、画画、商业和政治等方面。但女性创造力与男性创造力极为不同。因此,我们必须得出这样的结论,如果这种创造力被抑制或浪费,那都将是无比可惜的,因为它是经过几个世纪最严格的规训后才获得的,是无可取代的。”女性的写作是这种创造力无法抑制的“外溢”,而这种写作也必须要能表达女性独特的体验和生活,否则也将是万分遗憾的。伍尔夫的“房间”,不仅仅如大多数评论家所注意到的那样,是物理空间与精神空间的结合,更是一个列斐伏尔意义上的社会空间,是特定的历史、文化、意识形态的产物。相比较于“住宅”或者“屋子”,“房间”显然具有更大的灵活性和多样性,它打破了公共空间与私人空间之间的二元对立,但同时又保留了某种私密性和内在性,与日常的家庭空间有某种关联,但却暗示着一种全新的人际关系。

伍尔夫不仅鼓励女性书写关注日常生活,也鼓励她们尝试各种不同的创作题材:“我请求你们去写各种各样的书,尽情尝试各种主题,不论它有多么琐碎,又或者是多么宏大。……我绝不会把你们限制在小说领域。如果你们想要让我喜欢,让成千上万个像我一样的人喜欢,你们就会去写游记、历险记,写研究著作和学术专著,写历史书和传记,写批评、哲学和科学著作。”在《一间自己的房间》中,她就一反传统,极为生动、细腻地描述了为现实主义作家所不屑描写的食物。实际上,在自己被称为现代主义代表作的《达洛维夫人》和《到灯塔去》中,伍尔夫都对食物进行过细致的描写,以此突破现实主义传统所谓的“合法”主题。最令人印象深刻的,就是《到灯塔去》中那道“法式煨牛肉”，福斯特不无羡慕地指出，伍尔夫对食物的描写是最动人的，整个晚餐“被赋予了一种情感、诗意和优雅”。可见，伍尔夫鼓励的并不仅仅是女性写作，而是要敢于进行写作创新，把这种创新与真实地表达自我、成为自我和过一种更为“生机勃勃的生活”密切关联。正如从海德公园门22号搬到布鲁姆斯伯里时，伍尔夫（当时还是弗吉尼亚·斯蒂芬）深切地感受到空间的迁移所带来的自由感，以至于在三十多年之后她还能带着一种激动的心情写道：“我们充满了实验和改革的冲动。我们打算不再使用餐巾……我们打算画画，写作；晚饭后将喝咖啡，而不是在九点钟喝茶。一切都将是新的，一切都将是不同的。一切都在试验中。”“房间”不再是象征着性别规约、禁锢女性意识的“牢笼”，而是一个可以重新想象和建构个体性的场所，在这个新的房间中，新的生活方式成为可能，写作成为可能。1928年，伍尔夫似乎依然心有余悸地在日记中写道：“父亲的生日。他活着的话，今天会是96岁……幸运的是，他已不在。他如果活着，我的生命就会被完全终结……没有写作，没有书，完全无法想象。写作之于伍尔夫的意义也由此可见一斑。”另一方面，当越来越多的女性书写进入社会话语之中，就会形成对一股力量，来对抗书中X教授对女性带有偏见的定论——“女性在智力上、道德上以及身体上都比男性低劣”。对女性的表征会从另一个视角被大大丰富，而不再只是任由男性书写的沉默存在。

当然，我们不难理解伍尔夫赋予女性书写的重要性和自主性，但女性写作是否如她所说，必须要有一年五百英镑的收入和一间自己的房间？实际上，这是作品最明显的矛盾和悖论之处。伍尔夫在阐述这一观点的过程中，列举了奥斯丁、勃朗特作为例子，但她们都是在共用的客厅里写作，也都是在贫困中写作，且都写出了优秀的作品，即便是比她们更早一些的贝恩夫人，也是遭遇了种种人生不幸之后，才不得不依靠写作谋生，显然逆境也可以是成为女性写作的推动力，这与伍尔夫得出的结论自然有出入。假如我们硬要为伍尔夫的逻辑辩护，大概可以说，她是有意把女性的贫困放入历史的语境中加以审视，揭示女性如何被系统性地、结构性地排除在经济、法律、财产等制度之外。在伍尔夫创作《一间自己的房间》时，英国女性已经获得了选举权，受教育和就业机会也大大增多，这为她继续思考女性问题提供了新的起点。房间和金钱的理念或许就是对这一新的语境的直接回应。伍尔夫提出的更像是一种可能性：选择我们想要写作的自由，或者一种当我们需要写作时就可以写作的自由。然而，这样明显的悖论，伍尔夫自然也能意识到，但并未试图换成更为贴合结论的例子，这大概也说明了她在《一间自己的房间》一开始就提出的思路并非戏言："我将尽我所能，向你们展现我有关房间和金钱的观点是如何形成的。我会在你们面前尽可能完整地、毫无保留地呈现一连串思考过程，看看它是如何导致我产生这个想法的。或许，如果我把隐藏在上述说法背后的观念和偏见揭示出来的话，你们可能会发现，它们与女性有些关联，与小说也有些关联。"换言之，相较于得出一个毋庸置疑、近乎真理的结论，伍尔夫认为思考的过程更重要。但揭示思考过程本身就带有一种风险，它会激发读者一起思考，或许会赞同也或许会反对作者自己所推导出的结论。或许，伍尔夫的意图本就在此。

因而，伍尔夫提出女性需要一间自己的房间和一年五百英镑的收入，才能进行写作这一观点，是在一个特定的历史语境下，它见证了空间意识的转变及其对女性社会地位的影响，然而当代女性经济地位已经大大提高，具有独立经济能力的女性也越来越多，拥有一间自己的房间已经不再是妄想，那么，《一间自己的房间》里提出的论点是否已经变得空洞无意义了？或许，我们可以从伍尔夫收到的读者来信中找到一些线索。《一间自己的房间》出版后，伍尔夫收到了来自美国、英国、法国和欧洲其他一些国家的读者来信，其中有一封来自美国读者的信令人印象深刻。在这封标注为1930年1月12日的信中，这位美国读者介绍自己是一个英国历史专业的学生，有博士学位，丈夫也是学者，她同时也是两个孩子的母亲。表面上看起来，她似乎在家庭与事业之间成功建立起平衡，但她仍时不时地发现自己的人生观被“一种叛逆的感觉”所破坏，而且她承认当她一天待在大学里，而孩子们感冒时，她会感到内疚。这显然揭示了女性对教育的追求与母亲身份和家庭事务的要求之间产生了一种矛盾，而现代社会的女性知识分子或者任何一位有职业、有家庭的女性，对这种感觉都不会陌生。然而，我们需要进一步追问的是，这是否说明，女性在心理上仍旧存在着一种天然的、真实的障碍，阻碍她们去追求自己的目标？还是从某种程度上说，虽然从《一间自己的房间》出版到现在已经几近一个世纪的时间，但在本质上，伍尔夫所批判的父权制社会的结构仍旧没有改变，依旧是一个对女性的自我实现没那么友好、依旧把家庭事务和抚养孩子看作是女性天然属性的社会结构？新近崛起的新女性主义明确倡导女性在工作和家庭之间保持平衡，而不是把两者对立起来，同时它鼓励女性写作，为了女性写作，发出女性自己的声音，因而兜兜转转之后，女性主义似乎又部分地回归到伍尔夫在《一间自己的房间》中所提出的女性主义理念。

那么，我们所关注的最后一个问题，就是当《一间自己的房间》“旅行”

到中国之后，意义发生了哪些变化？或者说，这部作品之于中国读者的意义在哪里？答案是肯定的。在20世纪90年代引入中国之后，《一间自己的房间》就吸引着中国的女性知识分子群体。对于深受马克思主义影响的中国读者来说，伍尔夫提出的钱和房间是女性写作的条件这一论点很容易引起共鸣，实际上伍尔夫本人也受到英国社会主义思想的影响，认同物质基础决定上层建筑这一思想。有趣的是，在西方思想的阐释视域中，“雌雄同体”这一概念充满着不可调和的矛盾，要么被批评为逃避主义，要么被认为是取消性别差异的极端主义，尤其是把这一概念与伍尔夫在文中提出的另一个主张，即“女性应该像女性一样写作”，并置在一起时，其中的矛盾冲突几乎无法破解。然而，中国文化传统中的阴阳合和思想，却可以近乎完美地解释“雌雄同体”这个概念。正如李银河指出的，阴阳合和的文化传统，使中国人更加注重性别和谐，反对性别对立，主张承认女性的特殊性和性别差异，重新建立自然平衡，反对将性别差异建立在劳动分工之上。相反，细致的劳动分工，能够在两性之间产生更强的依赖性，从而推动两性建立更为和谐的关系，因而，“两性虽然具有生理上的区别，但关系是和谐互补的”（李银河）。这也是为什么《一间自己的房间》中的“雌雄同体”概念能够在中国读者中引起共鸣。这种莫名的契合，也揭示了中国不同的国情和文化，决定了中国的性别问题有着不同的表现形式，因而思考和处理这一问题的方法也必定有所差异。然而，无论中西，女性主义运动的基本目标都是争取实现真正的男女平等，最终达到两性的和谐发展。当伍尔夫在《一间自己的房间》中把女性要作为女性写作和“雌雄同体”的概念相提并论时，她或许已经在暗示、在期待，性别不应该成为任何一个个体追求自我实现过程中的障碍。

最后，我想表达一下感谢。感谢姚燚编辑联系到我并给予我信任，让我在研究了十多年伍尔夫之后，能够有机会把她的文字转化成我的母语。感谢本书责编唐洋洋，她的专业、耐心、热忱给了我最有力的支持，也感谢她在整个过程中给予我的帮助。在此，我也想特别感谢一位亦师亦友的英国朋友Helen，是她的帮助让我能够拨开一些语言的迷雾，并尽力以最准确的中文来传递伍尔夫深邃的思想。

谷婷婷

2023年5月7日

CONTENTS · 目录

第一章

不过，你们可能会说，我们邀请你来是想让你讲一讲“女性和小说”——而这与一间自己的房间有什么关系？下面，我就试着来解释一下。得知你们想让我讲“女性和小说”这个题目时，我在河边坐下来，开始思量这些词儿究竟是什么意思。也许你们只是要我聊一聊范妮·伯尼[①]，再聊一下简·奥斯丁，向勃朗特姐妹致敬一番，再描述一下被雪覆盖的哈沃斯牧师住宅[②]；可能的话，就再说几句关于米特福德小姐[③]的俏皮话，再带着敬意引用一下乔治·艾略特，最后再提一下盖斯凯尔夫人[④]，这样也就算对这件事

---

① 范妮·伯尼，即弗朗西丝·伯尼（Frances Burney，1752—1840），英国小说家、书信作家，代表作《伊芙利娜》，该小说被认为是英国“风俗小说”发展中的里程碑。（本书注释如无特殊说明，为译注。）

② 哈沃斯牧师住宅（Haworth Parsonage），系勃朗特三姐妹的居所，她们的父亲是教区牧师，该住宅位于英国西约克郡，勃朗特姐妹大部分时间都是在这里度过的，并在此创作了她们的著名小说。

③ 米特福德小姐，即玛丽·罗素·米特福德(Mary Russel Mitford，1787—1855)，英国剧作家、诗人和散文家，擅长描写英国乡村生活。因父亲的挥霍、赌博，家道中落，1820年被迫搬出在雷丁的住宅，搬进一个简陋的农舍，在此后的二十多年时间里，玛丽不得不依赖写作来挣钱养家，并帮父亲还债，终身未婚。

④ 盖斯凯尔夫人，即伊丽莎白·盖斯凯尔（Elizabeth Gaskell，1810—1865），英国小说家、短篇故事作家，1857年她完成了《夏洛蒂·勃朗特传记》，这也是第一部勃朗特传记。她中年开始创作小说，作品中多有对工人阶级的描写，代表作品有《玛丽·巴顿》《妻子和女儿》《南方与北方》等。

有所交代了。然而细思之下，这些词语的含义又似乎没有看起来那么简单。“女性和小说”这个题目可能意味着女性和她们的际遇，也许这就是你们设定这个题目时的本意；它也或许是指女性和她们创作的小说；也可能意味着女性和那些关于女性的小说；也或者，这三层意思非常复杂地纠缠在一起，而你们正是想让我从这个角度来思考这一问题。最后这个角度似乎是三者中最为有趣的，不过当我开始就此展开思考时，便很快意识到它有一个致命的缺陷。因为，我将永远不可能得出一个结论。这意味着，在讲了一小时之后，我将无法完成一名演讲者应当承担的首要任务——向你们传递一点点的纯粹真理，来为你们记下的笔记做个圆满总结，并能把它摆在壁炉台上，永久供奉起来——至少在我看来应是如此。或许我能做的，是就这个问题的一个小方面，提出一点自己的见解——女性，如果想写小说，就必须要有钱和一间自己的房间；而我这样做的话，正如你们将会看到的那样，又无法解答一个难题，即女性的真实本质是什么，小说的真实本质又是什么。我逃避了下结论的责任，女性和小说这两个问题，在我看来仍旧没有得到解答。但为了做点补偿，我将尽我所能，向你们展现我有关房间和金钱的观点是如何形成的。我会在你们面前尽可能完整地、毫无保留地呈现一连串思考过程，看看它是如何导致我产生这个想法的。或许，如果我把隐藏在上述说法背后的观念和偏见揭示出来的话，你们可能会发现，它们与女性有些关联，与小说也有些关联。无论如何，若所谈话题极易引发争议——更何况任何有关性别的问题都是如此——那么说话者就无法说清楚真相究竟如何。他就只能展现自己的观点如何形成，希望在了解了演讲者的局限、偏见和癖好之后，听众就能有机会得出自己的结论。因而，如果与事实相比较，小说中包含的真相可能会更多。因此，我要利用小说家享有的全部自由和权利，向你们讲述在我来这儿之前的两天中发生的故事——也就是，面对你们交给我、让我感到有点不堪重负的这个话题时，我是如何思索，又是如何在全部的日常生活中体验它的。不必说，我接下来描述的，并非现实中存在的事实；牛桥是生造的，弗纳姆[①]也是；“我”也只是个方便的称呼，在现实中并不存在。我所说的大都没有依据，但其间也可能会夹杂着一些真相；而发现真相、决定这个真相是否有任何保留价值，则完全取决于你们自己。倘若果真没有任何一点价值，你们理应要把它整个扔到废纸篓中，然后把它全然忘掉。

好，我就在这儿（你们可以叫我玛丽·比顿、玛丽·西顿、玛丽·卡迈克尔[②]，或者乐意叫我什么就叫什么——名字无关紧要），一两周之前，在一个美好的十月的天气里，我坐在河畔，苦思冥想。刚刚提到的那个让我感到沉重的话题，也就是女性和小说，以及需要对这个会引发各种偏见和强烈情绪

---

① 牛桥（Oxbridge）是伍尔夫把牛津（Oxford）和剑桥（Cambridge）各取一部分合并起来组成的。弗纳姆（Fernham）学院是把剑桥大学的格顿学院（Girton）和纽纳姆学院（Newnham）合并起来组成的，这两所学院是英国最早的女子学院。格顿学院由艾米莉·戴维斯和芭芭拉·博迪肯创立于1869年，是英国第一个女子学院；纽纳姆学院成立于1871年，是继格顿学院之后，剑桥大学建立的第二个女子学院。

② 伍尔夫对“玛丽”这一名字的使用富有深意，它来自16世纪的一个名为“四个玛丽”的苏格兰民谣，它讲述了一个名叫玛丽·汉密尔顿（Mary Hamilton）的人的悲惨故事，她是女王的侍女，与国王私通怀了身孕，在生下孩子之后便将它杀死，她自己也面临被处决的命运。在临死前，她唱了这首歌，向其他的玛丽们——玛丽·比顿、玛丽·西顿、玛丽·卡迈克尔诀别。伍尔夫之所以对这个故事感兴趣，一方面因为它是个传说故事，是一个虚构的故事，因而与这篇文章的轻松基调相符合；另一方面，这首民谣是无名氏所作的，伍尔夫用这种无名的、传说中的女性的故事，来批驳后面将会提到的男性作家作品中无所不在的狂妄自大的“自我”，并且与她在文中所提出的“通过母亲来思考过往”这一思想相呼应。

的话题做出一个结论，压得我无法抬头。左右两旁未名的灌木丛，金黄、暗红，泛出火焰般的颜色，看起来甚至像是被热烈的火焰炙烤后的模样。稍远处的河畔，垂柳仿佛因着某种永恒的悲伤在哭泣，发丝垂至肩头。河面随意倒映出天空、小桥、火红的树木，当一个学生荡桨划过之后，这些倒影重又合拢起来，就像他从未经行此处一般。你或许会在此流连，浑然忘却了时间，就这样一直坐着，思考着。思考——让我们姑且用这个词语来称呼它吧，尽管这样显得有些夸大——已经把鱼线下到了水中。时间慢慢流逝，鱼线在各处晃动，倒影中、水草间，任意随着水流时起时伏，直到——你一定熟悉那种小幅度的猛拉吧——就是一种想法突然咬住了鱼线的末端：然后你小心翼翼地、用力地把它拖拽过来，再小心翼翼地把它拉出水面这种感觉吧？哎呀，躺在草地上显得那么渺小、那么微不足道的，正是我的想法呀；这种小鱼，有经验的渔夫都会再放回河中，等待它长得更肥，长到有一天足以能被拿来烹饪、享用。现在，我不愿用这样小小的想法来烦扰你们，但如果你们仔细聆听，就能从我接下来要说的话中自己发现。

然而，不论那个想法如何渺小，它依然具有"想法"的神秘属性——倘若放回脑海中，它立刻就会变得兴奋无比，价值不凡；它时而跃出水面，时而沉入水底，时而在这儿那儿翻腾，激起了思想之巨浪与漩涡，久久不能沉寂。恰因如此，我不知不觉地在一块草地上疾行起来。一个男人迅速站起来拦住我。一开始我并没有认识到，这个长相奇特、身穿燕尾服和晚礼服衬衫的人，是在冲着我做出各种手势。他脸上流露出既惊愕又愤怒的表情。此时，解救我的是本能而非理性，是本能告诉我这位是学监[①]；而我是一个女人。这里是草坪，路在那边。只有研究员和学者才有权走这里；那条石子路才是我该走的地方。这些想法都是在瞬间涌现出来的。当我重新走回那条小路时，那位学监的双臂才放下来，脸上也才恢复了此前的平和，虽然草地比石子路更适合行走，但这不会对我构成什么实质性的伤害。我唯一要指责那些研究员和学者（无论他们碰巧来自哪个学院）的，就是为了保护这块三百年来不断被推滚得平整的草皮，他们迫使我的小鱼躲了个无影无踪。

到底是什么念头让我如此大胆地擅自闯入了那个地盘，我现在已经记不清了。和平之灵似云朵一般从天空降落，倘若它必定要觅一处栖身之所，那必定是要在一个美好的十月的早晨，降临于牛桥的庭院和四方院子里。在那些学院间漫步，经过那些古墙，刚刚经历的粗暴似乎全然被抹除了；身体像是被装在一个妙不可言的玻璃柜子里，任何声音都无法穿透，而心灵，则不再受制于它所接触到的一切现实（除非你再一次擅闯那块草坪），可以自由地凝聚在与当下相和谐的冥想中。恰在此时，脑海中突然浮现出很早之前读过的一篇文章的零碎记忆，其中提到在长假中重访牛桥，这让我想起了查尔斯·兰姆——萨克雷称他为“圣人兰姆”，边说还边把兰姆的一封信贴在额头上。的确，在所有逝者中（我当时的确是如此想，因此也跟你们如此描述），当数兰姆最为亲切和蔼；你可能会禁不住想要问他，告诉我吧，你究竟是如何写好文章的？因为在我看来，他的文章甚至比马克斯·比尔博

① “学监”（Beadle）是大学的管理人员。Beadle也有“教区执事、牧师助理”的意思，这是因为欧洲历史悠久的大学都是由教会建立的，牛津、剑桥也不例外，因而都设有beadle一职，他们身穿制服，维持学校秩序。在现代，这种宗教的色彩逐渐弱化，故此处译为“学监”。

姆[①]的要更胜一筹，虽然后者的文章堪称完美，但兰姆的行文中则隐含一种不拘的、瞬间闪现的想象，以及一种天才所造就的闪电般的裂纹，虽因此在其文章中留下缺点与瑕疵，却反而为它们装点上了诗歌的光芒。兰姆大约是在一百年前来到牛桥。当然，他还为此写了一篇文章——题目是什么我已经不记得了[②]——记述他在这里看到弥尔顿一首诗的手稿时的情景。兰姆所见到的大约是《利西达斯》的手稿，他提到，想到《利西达斯》中的任何一个词，都有可能不是现在这个样子，让他感到震惊。在他看来，只是想一想弥尔顿会改动那首诗里的词语，就已经是一种亵渎了。这引得我极力回忆《利西达斯》中的片段，且自得其乐地暗自揣测弥尔顿改动的词可能会是哪个，而原因又是什么。一念及此，忽然想到，兰姆看过的那部手稿不就在几百码之外的地方嘛，何妨追随兰姆的脚步，穿过四方形院子，到珍藏这一宝物的那个著名的图书馆去瞧上一眼。而当我把这一想法付诸实施时，又想到，萨克雷的《艾斯蒙》手稿，也恰巧保存在这个著名的图书馆里。[③]评论家们常常说，《艾斯蒙》堪称萨克雷最完美的小说作品，然而就我所知，这部小说刻意模仿18世纪的文体，显得扭捏造作，反而束缚了他的创作；除非萨克雷在使用18世纪文体时，的确是自然而然、信手拈来——只需看一眼

---

① 马克斯·比尔博姆（Max Beerbohm，1872—1956）：英国散文家、讽刺画家，擅长写讽刺文。自1898年至1910年，他担任《星期六评论》的戏剧评论者。

② 查尔斯·兰姆（Charles Lamb，1775—1834）：英国散文家、诗人和古文收藏家，伍尔夫这里提及的文章题为“假期中的牛津”，收录于散文集《伊利亚随笔集》之中。

③ 弥尔顿《利西达斯》的手稿保存在剑桥大学三一学院的图书馆里。把萨克雷的《艾斯蒙》手稿捐赠给这个图书馆的，正是伍尔夫的父亲莱斯利·斯蒂芬（Leslie Stephen，1832—1904），他与伍尔夫的母亲朱莉亚·达克沃斯（Julia Duckworth，1846—1895）结婚之前，曾娶萨克雷的女儿哈莉特·萨克雷（Harriet Thackeray，1840—1875）为妻。

手稿，看一下其中的修改究竟是为了改善文体，还是完善意义，就或可证明我的看法是否属实。然而，这意味着必须要确定什么是文体，什么是意义这一问题——而此刻，我已然站在图书馆的大门外。我一定是打开了这扇门，因为一位和善的绅士立刻出现了，他满头银发，像是一个守护天使，只不过在他不以为然地阻住我去路时，扇动的并非白色翅膀，而是黑色袍子，当他挥手示意我离开时，低声抱歉说，女士必须在学院研究员的陪同下或者要有一封引荐信，方可进入馆中。

一个著名的图书馆被一个女人诅咒这事儿，对这座著名的图书馆来说，根本算不了什么。它享有声望、镇定自若，所有宝藏都被牢牢锁在怀里，它满意地酣然睡去，而且依我看，还会一直这样沉睡下去。我再也不会惊扰那些回忆，再也不会恳求它款待我，我一边愤怒地走下台阶，一边暗暗发誓。然而，离午餐时间还有一个小时，该怎么打发好呢？是到大草坪上去散散步，还是去河边小坐？这的确是一个令人愉悦的秋天的早晨；变红的树叶飘飘然落在地面上；散步或小坐，都不会觉得无趣。恰在此时，耳边传来音乐声。原来是正在举行某个仪式或者庆典。我走过小教堂门口，管风琴奏出的乐音哀伤、庄严。即便是基督教的悲伤，在这种静谧的空气中，听起来也更像是对悲伤的回忆，而与悲伤本身无关；即便是古老的管风琴发出的呻吟叹息，听起来也是心平气和的节奏。这一次，即使有权利进去，我也没有打算这么做，况且这里的教堂司事可能又会拦住我，问我讨要洗礼证明，或者什么院长的引荐信。所幸，这些壮丽建筑的外面，往往跟里面一样美妙。更何况，看着教众聚集起来，进进出出，在教堂门口忙碌着，就像蜜蜂在蜂巢口忙碌着一样，这就已经是件顶有趣的事了。许多人戴着帽子，穿着袍子；一些人的肩上搭着块皮毛[①]；有一些坐在轮椅中，让人推着；还有一些，虽然不过是人到中年，但脸上早已爬满皱纹，身体也被挤压成奇特的形状，难免让人联想起那些在水族馆里的沙地上费力爬行的巨蟹和螯虾。我斜倚着墙壁望去，大学的确像是一座圣殿，里面保存着各种稀有物，但倘若把它们放到斯特兰德大街的人行道上，任其自生自灭，它们可能很快就会变成无用之物。我回想起流传的一些关于老学监、老学究的古老故事，但我还没有来得及鼓起勇气吹声口哨（据说，只要一听到口哨声，老教授就会立刻拔足奔跑），这群令人敬仰的教众已经进入教堂里面。教堂的外面依然如故。如你所知，高高的圆顶、尖顶依旧可见，像是一艘航船，一直在航行，永远不靠岸，当晚间点起灯火，几英里之外都可看见，即便是隔着远处的山丘。这个四方院子，院内草坪平整，四周被庞大的建筑包围，这个院子连同那个教堂本身，想必都曾经是一片沼泽，当时野草漫舞，野猪乱拱。必是一队队马群、牛群，拉着一车车的石头，从遥远的乡间拉到这里，而后经过无休无止的劳作，灰色的大石块被一块块有序地堆砌起来，我现在站的地方，就是在这些灰色石块的阴影下。接着油漆匠们搬来了窗玻璃，泥瓦匠们终日与油灰、水泥、铲子、瓦刀为伍，又在屋顶上忙活了几个世纪。每到礼拜六，必定会有人把金、银从一个皮革钱包里倒出来，发到他们沧桑的手中，想必他们会在某个晚上喝喝啤酒，玩玩撞柱游戏。我想，不计其数的金银，定是源源不断地流入了这个庭院，好让石头络绎不绝地运来，好让泥瓦匠们夜以继日地工作：平地、开渠、挖土、排水等等。但那是一个信仰时代，大量金钱慷慨地流

---

① 这里描述的是剑桥大学的学位服，包括帽子、长袍和垂带，垂带的衬里是白色兔毛。

入到此，好让这些石头建筑在坚实的地基之上，当石头越垒越高，国王、女王以及王公贵族们从自己的金库中拿出更多的钱投进来，让圣歌能在这里唱响，让学生们能在这里受教。大学被赐予了土地，也分得了什一税。当信仰时代结束，理性时代来临时，金银依旧源源不断地流入；研究员制度被建立；讲师职位也得到资助；只不过，现在流入的金、银不再是来自国王的金库，而是来自商人和制造商的钱柜，来自一部分男人的钱袋，比如，那些从事生产制造业而赚到了一大笔钱的人，在他们所立的遗嘱中，留下了丰厚的一份来回馈大学，因为他们正是在大学中习得了这门赚钱的技艺，这些钱又资助了更多的系主任、更多的教员、更多的研究员。因而，大学有了图书馆和实验室；建立了天文台；购置了优质、昂贵的精密仪器和设备，它们现在就摆放在玻璃架上。而几个世纪前，这里曾是野草漫舞，野猪乱拱。当然，我在环着庭院漫步时，金银造就的地基已经足够深厚，铺砌的路面结结实实地覆盖住了野草。头顶上举着托盘的男仆们，匆匆忙忙地在楼梯间穿梭。艳丽的花在窗台上的花箱中绽放。从房间里面传来了留声机响亮又刺耳的噪声。此刻，想要不去思考是不可能的——然而无论是怎样的思考，也都已经被扰乱了。钟声敲响。午餐时间到了。

有一个事实十分令人好奇，小说家们总能找到一种方式说服我们，让我们相信午宴之所以令人印象深刻，要么是因为诙谐风趣的谈话，要么是因为英明果断的行为。他们鲜少提及吃的食物究竟是什么。写作中不要提什么汤啊，三文鱼啊，鸭肉啊，这已经成了小说家们遵从的一个规约，就好像汤啊，三文鱼啊，鸭肉啊什么的，从来就不重要，也好像从来就没人会吸支烟或喝杯酒一样。然而，在这里，我要斗胆挑战这条规约，我要告诉你们，这顿午餐的第一道菜是鳎鱼,学院厨师把它盛在深盘中,又在上面薄薄地涂了一层雪白的奶油,偶有几处,棕色的斑点从奶油下露出来,像是雌鹿身体两侧的斑点。接着上来的一道菜是山鹑,但如果你们以为只是几只光秃秃的棕色鸟儿盛在盘子里,那就大错特错了。端上来的山鹑数量很多,而且各式各样,它们同自己的“随从们”——各种调味汁和沙拉——一起端上来,调味汁的味道或辣或甜,摆放有序;土豆片,硬币一样厚薄,但要软得多;而球芽甘蓝层层叠叠的叶子包裹在一起,如玫瑰花蕾一般,但要更多汁。烤山鹑和它们的“随从们”刚一被享用完,一言不发的男仆,也或者是以更温和面目出现的学监本人,把用白餐巾围着的甜点放到我们面前,糖霜如波浪般翻卷起来。称它为布丁,并因此把它与大米和木薯粉关联起来,简直是一种冒犯。此时,酒杯中已倒上白葡萄酒或红葡萄酒;转眼就空了,继而又斟满。因此,慢慢地,顺着脊椎下去二分之一处,那人类灵魂的宝座所在之处,被逐渐点燃的不是那种刺眼的、被我们称之为“耀眼”的小电灯,而是更为深沉的、细微的、隐晦的微光,它在我们的双唇间进进出出,这是理性交谈所发出的饱满的黄色火苗。没必要匆忙。没必要闪耀。没必要成为其他人,除了你自己。我们恍若置身天堂,而凡·戴克[①]与我们为伴——换言之,当我们点燃香烟,斜倚在窗台上的靠垫上时,生活看起来是多么美好,它的回馈如此甜蜜,这种抱怨、那种牢骚又显得多么微不足道,而友谊、与志同道合者为伍,又是一件多么美妙的事。

---

① 凡·戴克(Anthony van Dyck,1599—1641):佛兰德斯巴洛克艺术家,是英国宫廷画家,以查理一世的肖像画而著名。其名字有不同的写法,伍尔夫在文中写为Vandyck。

倘若运气够好，恰好手边有一个烟灰缸，而不必像往常一样，把烟灰弹到窗外，如若情况与过去稍有不同，你很可能就看不到，比如，一只没有尾巴的猫。我看到那只唐突的、断尾的动物轻轻柔柔地穿过四方庭院，潜意识里不觉为之一动，情感之光也瞬间改变。仿佛有人放下了一个遮光帘。或许，是因为醇美的莱茵白葡萄酒的酒劲已过。当然，我看到那只马恩岛猫[①]突然在草坪的中央停了下来，就像它也开始质疑宇宙一样，好像有某种东西缺失了，好像有某种东西看起来不同了。然而，缺失的是什么，有什么不同？我一边听着谈话，一边问自己。要回答这一问题，我就得让思绪离开这个房间，回到过去，回到战争之前，眼前浮现出另一场午宴的情景，那场午宴在距离此地不远处的房间里举行；不过情况却大相径庭。实际上，两者毫无相同之处。此时此刻，宾客们依旧在交谈着，在场的宾客有很多，且都是年轻人，有男士也有女士，他们聊得酣畅自在，他们聊得愉快惬意、无拘无束、妙趣横生。说笑声中，我不禁把它与另一个谈话的背景对照起来，而且当我对两者进行比较时，我确定这个场景就是另一个场景的后裔，是它的合法继承者。一切如旧；没有任何不同，只除了一点：这儿，我全神贯注地倾听的，不全是正在进行着的谈话，也在倾听谈话背后的喃喃声或某种趋向。没错，就是这一点——差别就在这里。战争之前，人们在此类午餐会上聊的话题并没有什么不同，但听起来却很不同，原因就是，在那些日子里，这些对话伴随着一种嗡嗡声，虽不清晰，但听起来悦耳、令人兴奋，并且改变了话语本身的意义。我们能

① 马恩岛猫（Manx cat）：原产于马恩岛的一种无尾猫，是自然变异的结果，具有温顺、活泼、忠诚的特点，是较受欢迎的宠物猫品种。

否为这种嗡嗡声配上词语？或许，依靠诗人的帮助，我们能够做到。恰好身边有本书，我信手一翻，就翻到了丁尼生[①]。这里，我发现丁尼生正在吟唱：

一颗璀璨的泪珠
从门前的西番莲花上滑落。
她来了，我的白鸽，我的爱人；
她来了，我的生命，我的命运；
红玫瑰哭喊，“近了，近了”；
白玫瑰低泣，“她来迟了”；
翠雀花支起耳朵，“听到了，听到了”；
百合花呢喃，“我在等待”。

这是战争之前男人们会在午餐会上哼唱的吗？那么女人们呢？

我的心像一只歌唱的小鸟，
它的窝搭在浇灌过的幼枝间；
我的心像一棵苹果树，
累累果实压弯枝丫；
我的心像一枚五彩的贝壳，

---

① 丁尼生（Alfred Tennyson，1809—1892）：英国诗人，维多利亚时期诗歌的主要代表，1884年被授予贵族头衔。文中引用的诗歌出自长诗《莫德》（*Maud*，1855）。

徜徉在平静的大海中；
我满心的喜悦尤胜这一切，
只因爱人将要来到眼前。①

这就是战前女人们在午餐会上哼唱的吗？

想到战前人们在午餐会上竟会低声哼唱这些，实在觉得太滑稽，我忍不住大笑起来，为了掩饰自己失态的笑声，我不得不指着院子中央的那只马恩岛猫，仿佛是被它逗乐的，它看起来的确有点滑稽，没有尾巴的可怜的小东西。它是天生如此呢，还是在一场意外中失去了尾巴？虽然，据说马恩岛上生活着一些无尾猫，不过数量稀少，不像人们以为的那样多。这种动物颇为奇特，说不上美丽，但胜在新奇。一条尾巴竟能产生这么大的差别，也着实奇怪——在午宴结束，在宾客们找大衣和帽子时闲聊的这些话，你们一定不陌生。

这次午宴，由于主人的热情好客，一直持续到临近黄昏之时才散。美好的十月天正在褪去光芒，我漫步在林荫道上，树叶从路两旁的树上纷纷落下。一扇一扇的大门似乎温柔又决绝地在我身后关闭。无数的学监正在把无数把钥匙插进极为润滑的锁中；这座宝库再次被稳稳当当地保护起来，度过又一个夜晚。走到了林荫道的尽头，就走上了一条路——我已经不记得路的名字是什么——沿着这条路，只要转对了方向，你就会一直走到弗纳

① 这首诗出自英国诗人克里斯蒂娜·罗塞蒂（Christina Rossetti，1830—1894）的诗歌《生日》，她是英国拉斐尔前派画家、诗人但丁·罗塞蒂（Dante Gabriel Rossetti，1828—1882）的妹妹。

姆学院。不过,时间还早。晚餐要到七点半才开始。其实,在这样的午餐之后,你几乎可以不用吃晚餐。奇怪的是,几句诗一直萦绕在我脑海里,而腿则不听使唤地随着诗歌节奏向前移动着。当我迈着轻快的步伐,朝海丁利走去时,那些诗行——

一颗璀璨的泪珠
从门前的西番莲花上滑落。
她来了,我的白鸽,我的爱人——

在我的血液里歌唱。接着,当我走到河流拍击堤堰而水花四溅之处时,开始转向另一种节奏,我开始吟诵:

我的心像一只歌唱的小鸟,
它的窝搭在浇灌过的幼枝间;
我的心像一棵苹果树……

多么伟大的诗人,我高喊,就像人们黄昏时常常会做的那样,他们是多么伟大的诗人啊!

把我们的时代与过去进行比较,未免显得愚蠢又荒唐,但想必是出于一丝嫉妒,我继续思忖,我们是否真的能举出两位像当年的丁尼生和克里斯蒂娜·罗塞蒂那般伟大的在世诗人。显然,没人能跟他们相提并论,我凝视着泡沫翻腾的水面,心里想。他们的诗歌之所以能够令人兴奋到忘乎所以、欣喜若狂，恰恰是因为它讴歌的是人们（或许是在战争之前的午宴上）曾经怀有的情感，这样人们就不用费力去克制、审视这种情感，或是将之与此时此刻所怀有的任何情感相关照，从而得以轻松自如地做出反应。反之，当代诗人所表现的，实质上是正在形成的情感，或者是从身处当下的我们的内心中剥离出来的情感。我们起初无法辨识出来；而且会常常莫名地害怕它；我们也会机警地审视它，并且怀着嫉妒与怀疑，把它与我们所熟悉的昔日情感做比较。因而现代诗歌往往晦涩难懂；恰恰是因为这种晦涩难懂，即便是好的现代诗人，我们也无法记住他作品中相邻的两行以上的诗句。正因于此——也就是我没能记住这一点——我上面所提出的观点，就因为缺乏材料支撑而显得薄弱。不过，我继续朝海丁利走去，接着追问，为什么人们在参加午餐派对时，已不再低声哼唱？为什么阿尔弗雷德停止了吟唱

> 她来了，我的白鸽，我的爱人？

为什么克里斯蒂娜不再回应

> 我满心的喜悦尤胜这一切，
> 只因爱人将要来到眼前？

我们应该指责战争吗？ 1914年8月，当枪声响起，出现在男人、女人脸上的表情，在对方看来，是否都明明白白地写着，浪漫已被杀死了？无疑，在炮火

的亮光中看到统治者们的嘴脸，的确是件令人震惊的事（对女性来说尤其如此，因为她们对教育之类的抱有幻想）。德国人、英国人、法国人——他们看起来面目可憎，愚蠢至极。你尽可以去指责你想要指责的方面，也尽可以去指责想要指责的人，然而那种激发了丁尼生和克里斯蒂娜·罗塞蒂的灵感，让他们为爱人的到来纵情歌唱的幻想，现在比以前要稀少多了。大家只需要去阅读、去观看、去聆听、去回忆，就不难发现这一点。但为什么要用“指责”一词呢？如果这只是一种幻想，为什么不赞美那个摧毁幻想、还原真相的灾难（无论是什么样的灾难）？因为真相……这些省略号标记了一个位置，就是在那儿，我为了追寻真相，错过了转向弗纳姆的路口。是的，究竟什么是真相，什么是幻想？我问自己。比如，这些屋子的真相是什么？暮色中，屋子显得暗淡朦胧，红色的窗格透着些许节日气氛，然而在早上九点钟的阳光下，甜点和靴带四处散落，这些屋子看起来又粗陋又俗气又邋遢。还有那些柳树，那条河，以及一路延伸至河边的花园，现在因雾气袭来，显得模糊不清，而在阳光下，却会是金灿灿、红彤彤——那么关于它们，哪个是真相，哪个又是幻想呢？我就不再赘述自己迂回曲折的思考过程，因为在去往海丁利的路上，我没有得出任何结论，而且我想让大家都设想一下，我很快就发现自己错过了转弯的路口，又原路折回，重新走上了通往弗纳姆的路。

就像我已经说过的，这是十月的一天，因此我不敢变更季节，描述悬挂在花园围墙上的丁香花、番红花、郁金香以及其他出现在春天的花，怕失去你们的尊重，也怕辱没小说的好名声。小说必须要忠实于事实，而且所描述的事实越真实，小说就写得越好——我们是这样被告知的。因而，时间依旧

是秋天，树叶依旧是黄色的，而且正在飘落，如果有什么不同的话，那就是飘落的速度比之前稍快一点，因为现在已是晚间（确切地说，时间是晚上七点二十三分），而且微风（确切地说，是从西南面吹来的微风）开始变得强劲起来。尽管如此，依旧有个奇怪的东西在我心头萦绕：

我的心像一只歌唱的小鸟，
它的窝搭在浇灌过的幼枝间；
我的心像一棵苹果树，
累累果实压弯枝丫。

或许，是克里斯蒂娜·罗塞蒂的语言，部分引发了我一个愚蠢的幻想——当然这只不过是个幻想而已——丁香树把花瓣撒在花园围墙上，黄粉碟四处翩翩起舞，而花粉的微粒漫天飘浮。起风了，不知是从哪儿来的风，把那些新生的叶子高高吹起，在半空中闪现出一道银灰色的光。这是在光与光之间交界的那个时间，此时色彩的明暗度正兀自增强，紫色和金色在窗玻璃中燃烧，就像是难掩激动之情的心脏在兴奋地跳动；这时，不知是何原因，世界之美才刚刚展露，却又行将消失（这里，我推开门径直步入花园，因为不知是谁一时失察，门竟然没有上锁，而且也没有学监在此处巡察）。行将消失的世界之美，有两个方面：一方面充满笑声；另一方面充满痛苦，令人心碎。春天的黄昏中，弗纳姆的花园在我面前铺展开来，野草蔓生，空旷开阔，在高高的草丛中，零星点缀着水仙花和蓝铃草，或许即便是在最佳花期里，也不会整齐有序，现在则被大风吹得剧烈摇晃，仿佛是要被连根拽起。学院建筑上的窗户，呈弧线排列，就像轮船上的舷窗一样，在红色砖头的大浪中起起伏伏，随着春日云彩的倏然移动，窗户的颜色忽而呈柠檬色，瞬间又变成银色。有人躺在吊床里，有人——没人拦住她吗？——竟然快速跑过草地，然而在这种光线下，他们如魅影一般，只能一半靠猜测，一半靠真实所见；接着在露台上，有人探出头来，仿佛是突然出来透个气，看一眼花园，她佝偻着身子，令人生畏但又显得无比谦卑，她有宽大的额头，穿着破旧的连衣裙——这会不会是那位鼎鼎大名的学者，会不会是J.H.本人[①]？所有的一切都是暗淡的，但又无比强烈，仿佛黄昏抛掷在花园上的披巾被星空或宝剑撕成碎片——有某种可怕的现实蓦地闪现，它在跳动，就像是注定要跳动，正从春天的心脏中跳出来。因为年轻——

我的汤来了。晚餐设在一个很大的餐厅中。其实还是十月的一个晚上，离春天还很远。所有人都聚集在这个大餐厅中。晚餐准备好了。这是汤。就是普普通通的肉汤。在这个汤中，你无法把任何幻想搅拌进去。如果餐碟本身有花纹的话，你甚至能从这个透明液体中看见那些花纹。然而餐碟是素色的，并没有任何花纹。接下来是牛肉，以及作为配菜的绿叶蔬菜和土豆——一道十分家常的三合一菜式，让人联想起一个泥泞的市场上出售的牛臀肉，球芽甘蓝的边缘卷缩起来而且都已经发黄了，联想起讨价还

① 这里指的是简·哈里森（Jane Harrison，1850—1928），英国著名的古典学学者、人类学家，是剑桥学派“神话-仪式”学说的创立者，也是现代女权主义的奠基人之一，代表作有《古代艺术与仪式》（1913）。她有关艺术和生活的部分观点在20世纪英国社会普遍流行，对伍尔夫的观念和创作思想也产生了一定的影响。伍尔夫曾于1928年4月，也就是在剑桥大学的演讲之前，去探望过简·哈里森。

价，以及周一早上拿着网兜的妇女。人类日常的食物需求[①]，没有任何理由抱怨，看到供应充足，想想煤矿工人坐下来享用的食物显然还比不上这个。接下来是梅子干和蛋奶沙司。如果有人抱怨，梅子干，即便是在蛋奶沙司的缓和之下，也算不得什么蔬菜（它们显然不是水果），干瘪多纤，就像是吝啬鬼的心脏一样，而渗出的液体就像是流淌在整整八十年里不舍得喝酒，也不舍得穿暖，而且也从未施舍一个子儿给穷人的吝啬鬼血管里的血液一样，那么，这个人应当想到，在有些人看来，施舍梅子干也算是慈善行为。接下来是饼干和奶酪，这个时候，水壶被频繁地传来传去，因为饼干本来就是干的，而这些则是干得很彻底的饼干。餐点就是这些。晚餐就此结束。每个人都把椅子推回到原来的位置；弹簧门剧烈地来回摆动；很快，餐厅就被收拾一空，没留下任何食物的痕迹，显然是为第二天的早餐做好了准备。走廊里，楼梯上，英格兰的年轻女士们嬉闹着，歌唱着。然而我作为一个客人，一个外人（因为我其实无权待在弗纳姆这儿，就像我无权待在三一学院，或格顿学院，或纽纳姆学院，或基督堂学院一样），是否有资格说"晚餐不够好"或者说（现在我们，玛丽·西顿和我，到了她的起居室里），"我们原本不是可以在楼上这个房间里单独用餐吗"？因为倘若我当真说了这样的话，我就有窥探、调查一个学院隐秘的经济状况之嫌，毕竟在外人眼里，这个学院可是生气勃勃，彰显着勇敢无畏的精神的。不，那样的话，没人能说得出口。其实，一时间我们之间的交谈也变得有些意兴阑珊。人类的构造就是如此，心

① 原文为"human nature's daily food"，此处伍尔夫引用了英国湖畔诗人威廉·华兹华斯的诗歌《她是快乐的精灵》，原文为A Creature not too bright or good/For human nature's daily food。

脏、身体和大脑全都融合在一起，而不是局囿在单独的隔间里，即便是再过个百万年，也必将仍是如此，一顿丰盛的晚餐对一次令人愉快的谈话来说，意义重大。如果没有吃好，就不可能好好思考，好好恋爱，好好睡觉。脊椎里的那盏灯是不会被牛肉和梅子干点燃的。我们都可能去天堂，而凡·戴克，我们希望，会在下一个拐角处迎接我们——这就是在一天的工作结束之后，牛肉和梅子干在她们之间所产生的那种不确定的、受到限制的思想状态。所幸，我这位教授科学的朋友拥有一个小橱柜，里面放着一个矮矮的宽瓶子，和一些小玻璃杯子——（但原本最先应该有鳎鱼和山鹑相配的）——因而我们能围坐在炉火边，来修补一下在这一天的生活中所遭受到的一些伤害。不到两分钟，我们就开始无拘无束地畅谈那些我们觉得好奇和感兴趣的话题，这些话题在头脑中形成的时候，我们都是独自一人，没有一个特定的交谈对象，因而自然需要在再一次相聚时闲聊一番——谁已经结婚了，另一个人还没有；谁这样想，另一个人那样想；谁变好了，出人意料，而另一个人则堕落了，令人吃惊不已——一旦开始聊这些，就自然而然地会接着聊对人性的思考，对我们所生活的这个神奇世界的特性的思考。然而当我们在聊着这些时，我开始羞愧地意识到有一股暗流兀自涌现，而且推动着一切向前，势必要达到自己的目的。你或许在谈论西班牙或葡萄牙，或许在谈论书或赛马，但你真正感兴趣的并不是所有这些被讨论的话题，而是大约五个世纪前泥瓦匠们站在某个高高的屋顶上的那个场景。国王们和贵族们运来一大袋一大袋的财富，倾倒在地面之下。这一幕一直活跃在我的脑海中，并且跟另外一幕，即由瘦骨嶙峋的牛、泥泞的市场、枯萎的草地以及干巴巴的老人心脏等等所构成的画面并置起来——这两幅画面，看起来毫无瓜葛，互不关联，而且毫无意义，但却持续不断地一起显现，相互搏斗，而我也只能听凭它们摆布。除非是要彻底改变整个谈话的话题走向，最佳的做法就是要毫无保留地把我的思想展现出来，这样一来，如果运气好的话，它一见光就会衰退，碎成粉末，就像他们在温莎打开棺木时看到的已逝国王的头颅一样[①]。因而，我就简短地告诉了西顿小姐那些在小教堂的屋顶上忙碌了那么多年的泥瓦匠的事情，以及国王们、女王们和贵族们把肩上背着的一袋又一袋的金子、银子，扔到地下的事情；又接着告诉她我们自己时代的大金融富豪们来了，撂下支票和债券（这是我的猜测），而在这里，其他人则曾经撂下一锭锭的银子和成堆成堆的金子。所有这些财富依旧都埋在那些学院的地下，我说；但是这个学院，也就是我们现在正坐在这儿的这个学院，在它庄严的红砖和野草蔓生、杂乱无章的花园下，又埋着什么呢？我们用餐时使用的没有任何图案装饰的瓷器背后，又隐藏着什么力量，而（这里我不由自主地脱口而出）牛肉、蛋奶沙司和梅子干背后呢？

哦，这个，玛丽·西顿说，大约是在1860年——噢，但你知道那个故事，她有点厌倦地说，我想，大概是因为这个故事她已经不知道反反复复讲了多少次了。接着她告诉我，房间都是租来的。委员会召开。信封上写上收信人姓名、地址。传单起草好了。会议接连召开；一封封的信被大声读出来；某某某已经答应了给那么多；相反，某某先生则分文不给。《星期六评论》

① 伍尔夫这里提及的是一个真实的事件。1649年，在内战中被击败的英国国王查理一世，以叛国罪被当众砍头，此后被秘密葬于英国历代君主的埋骨之地圣乔治教堂。但此后关于他的尸首在埋葬之前是如何被处置的，产生了诸多争议。因此，1813年，当时的摄政王下令开棺检验，以证实埋在此处的确系查理一世本人。

态度十分粗鲁。我们如何筹措资金来租办公室呢？我们该举办一次义卖吗？难道我们不能找一个漂亮姑娘坐在前排吗？让我们来查查关于这个话题，约翰·斯图尔特·密尔[①]是怎么说的。有人能劝说某某杂志的编辑登载一封信吗？我们能让某某夫人在这封信上签字吗？某某夫人出城去了。想必六十年前，学院就是以这种方式建立起来的，历经千辛万苦，且消耗了大量的时间。在经过了长时间的努力，费尽周折之后，才无比艰难地筹集到了三万英镑。[②]因此，她说，我们显然无法享用美酒和山鹑，也雇不起头顶锡盘的仆人。我们也没有沙发和单独的房间。“便利的生活设施，”她说，引用某本书上的一句话，“只能日后再说了。”[③]

一想到所有那些女性年复一年地奔劳，发现要筹集到两千英镑都很困难，并且竭尽所能最终才筹措到了三万英镑，我们忍不住对自己的同性的贫困，迸发出一种鄙夷，这种贫困理应被谴责。我们的母亲们当时都在忙些什么，为什么没有任何财产能留给我们？是在忙着给鼻子扑粉吗？是站在商店的橱窗外盯着里面看吗？是在蒙特卡洛的阳光下招摇吗？壁炉上摆放着几张照片。玛丽的母亲——如果照片中的人就是她的话——或许在自己的

---

① 约翰·斯图尔特·密尔（John Stuart Mill，1806—1873），又译穆勒，英国哲学家、经济学家，边沁功利主义的拥护者。密尔支持女性获得选举权，1867年他同艾米莉·戴维斯和P.A.泰勒夫人一起建立了英国第一个妇女选举权协会，后来发展为“全国妇女选举权协会联盟”，1869年他发表了《论女性的屈从地位》，是对妇女选举权运动进行理论阐述的经典文本。

② 我们得知，至少应该筹措三万英镑……考虑到即将建立的是大不列颠、爱尔兰和各个殖民地绝无仅有的一个学院，而且也考虑到为男子学校筹措巨额款项是多么轻而易举的一件事，因为，这并不是一大笔钱。然而，若考虑到真正想让女性受教育的人寥寥无几，这笔款子又显得数额不菲。——斯蒂芬夫人《艾米莉·戴维斯小姐与格顿学院》——原注

③ 能筹集起来的每一分钱都被留作建筑之用，而便利的生活设施就只能日后再说了。——R.斯特雷奇《事业》。——原注

空闲时间里挥霍享乐（她为一位教会牧师生了十三个孩子），但倘若如此的话，她那快乐的、耽于享乐的生活，却并未在她的面容上留下多少这种愉快生活的痕迹。她看起来平常无奇，是一位披着格子披肩的老夫人，披肩用一个大的浮雕饰物扣住；她坐在一把藤椅上，正逗弄着一只西班牙猎犬看向照相机，脸上流露出的表情既喜悦，又紧张，仿佛很确定一旦吹气球[①]被捏下去，猎犬就会立刻动起来。而假如她进入商界，成为人工丝绸的制造商，或者证券交易所的富豪[②]，假如她留给弗纳姆二三十万英镑，那我们今晚可能就会舒舒服服地坐在这儿，而我们所谈论的话题也可能会是考古学、植物学、人类学、物理学、原子的性质、数学、天文学、相对论、地理学等等。要是西顿太太和她的母亲，以及她的母亲的母亲都学会了赚钱的伟大技能，而且也像她们的父亲以及她们父亲的父亲一样把钱留下来，专为女性同胞设立各种各样的研究员职位、讲师职位、奖金、奖学金等等，那该有多好！这样，我们或许就会是在楼上单独用餐，相当舒适地享用一只飞禽、一瓶红酒；我们或许会带着满满的自信，期待在一个被慷慨赠予的职业的庇护下度过令人愉快的、体面的一生。我们或许会一直在探索或写作；在世界上各个圣地闲逛；坐在帕特农神庙的台阶上沉思，或者在十点钟时到办公室去，然后在四点半悠闲地回到家里写一写诗歌。只是，如果西顿太太和与她境遇相同的人，在十五岁时就进入商界，那么——这正是问题的症结所在——就不可能有玛丽了。我问玛丽对此作何感想？半掩的两扇窗帘之间露出十月的

① 这是老式传统相机的一个部件。

② 英国女性是被禁止进入证券交易所的，直到1973年这一禁令才被废除。

夜晚，静谧、迷人，渐渐变黄的树木间，闪现出一两颗星星。为了让弗纳姆能在某个人笔尖一挥下就可以获得五万英镑左右的捐助，她是否愿意舍弃自己眼前的生活，抹去她对苏格兰家人的种种记忆（虽然是个大家庭，但他们是幸福和乐的一家人）——嬉戏，吵闹，以及总是乐此不疲地赞美的苏格兰清新的空气和美味的糕饼？因为要捐助一个学院，就必须要绝对限制家庭的增长。挣大钱与生十三个孩子——没有哪个人能两件事情同时做。思忖一下事实吧，我们说。首先，在孩子出生前要有九个月的孕期。接着孩子诞生了。此后三到四个月时间需要花在给孩子哺乳上。在哺乳期过后，就要花五年时间陪孩子玩耍。你不可能让孩子在街上四处乱跑。那些在俄国见到过孩子肆意奔跑的样子的人说，那景象着实令人不快。人们也说，人的性情是在一岁到五岁之间形成的。假如西顿太太一直忙于挣钱，我说，你对于游戏和吵闹又会有怎样的记忆呢？你对苏格兰，和它清新的空气、美味的糕饼以及其他的一切，又会知道多少呢？然而，问这些问题都是徒劳的，因为你这个人根本不可能存在。同样地，追问“假如西顿太太和她的母亲以及她母亲的母亲积聚了大量财富，并且把它放在了学院和图书馆的地基之下，有可能会发生什么”这样的问题，也是徒劳的，因为首先，她们本来就不可能挣到钱，其次，即便是她们能挣到钱，法律也不会赋予她们权利，让她们把自己所挣的钱归于自己名下。也就是过去四十八年以来，西顿太太的名下第一次有了自己的一分钱。[1]在此之前的所有世纪，那分钱都会是她丈夫

---

① 此处伍尔夫指的是1870年和1882年英国通过的《已婚妇女财产法》，该法律允许已婚女性拥有并自由支配自己的个人收入所得。

的财产——也许正是部分因为这个念头，西顿太太和她的母亲们才不愿踏入证券交易所的大门。她们或许会说，我所挣的每一分钱，都会被拿走，然后任由我丈夫依据自己的想法来支配——说不定就会拿去在贝利奥尔学院或国王学院[①]设立一个奖学金，或者是资助一个研究员职位，那样的话，挣钱——即便是我能挣到钱——也不会是一件让我感到十分兴奋的事情。我最好还是把赚钱的事儿交给丈夫好了。

无论如何，不管那位看着西班牙猎犬的老夫人是否该受到责备，毫无疑问的是，出于某种原因，我们的母亲们对自己事务的管理存在严重不当之处。没有留下一分钱用于添置"便利设施"，享用山鹑和红酒，也无法雇用学监，铺设草坪，买书和雪茄，建立图书馆，也没有空出任何闲暇。在一块荒芜的土地上，建立起光秃秃的墙，已经是她们能力的极限了。

就这样，我们倚着窗边聊着，俯看着下面这座闻名遐迩的城市的穹顶和塔楼，就像成千上万的人每天晚上都会做的那样。在秋天的月色中，这座城市透出极致的美丽和神秘。古老的石头显得苍白、庄严。人们会想到所有被收藏在其间的那些书籍；想到那些悬挂在镶有护墙板的房间里的老教长和名人要士的画像；想到那些会在石板路面上投射出奇特的圆球形和新月形斑影的彩绘窗户；想到那些牌匾、纪念碑和铭文；想到喷泉和草地；想到那些眺望着安静的四方院子的安静房间。我还想到(请原谅我有这种念头)，那绝佳的香烟和美酒，以及深扶手椅和舒适的地毯：想着彬彬有礼、温和可亲、尊严体面，而这些都是奢华、隐私和闲暇的后裔。当然我们的母亲

① 贝利奥尔学院是牛津大学的一个学院，而国王学院则属于剑桥大学。

们没有为我们提供任何可与它们相媲美的东西——我们的母亲们连筹措三万英镑都十分困难，我们的母亲们给圣安德鲁斯教堂的教士们生了十三个孩子。

告别玛丽，我返回暂住的小旅馆，当我步行穿过条条幽暗的街巷时，忍不住思绪万千，就像人们在结束一天的工作之后通常会做的那样。我在思考，为什么西顿太太会没有钱留给我们；贫穷又对思想产生了怎样的影响；而财富又对思想产生了怎样的影响；我想到了那天早上我看到的那些肩上搭着块皮毛的奇怪老绅士；我也回想起，如果有人吹起口哨，他们中的一个会如何奔跑起来；我也想起了小教堂里管风琴的轰鸣，想到了图书馆一扇扇紧闭的门；又想到了被关在外面如何令人不快；也想到，如果是被锁在里面，情况怕是会更糟糕；我还想着一个性别享受的安稳与富足，以及另一个性别忍受着的贫困和不安；想着有传统和传统缺失对作家的思想所产生的影响，我想到，终于是时候把这一天皱皱巴巴的外壳卷起来，连同它的各种争论和各种感想，以及它的愤怒、它的笑声也一起卷起来，扔到树篱中去了。深蓝色的夜空，显得寂寥，好在群星汇集，发出璀璨的光芒。此时，你仿若一个人置身于一个神秘莫测的社会。所有人都睡下了——俯卧着，平躺着，无声无息地。牛桥的街道上静悄悄的，空无一人。甚至是旅馆的门仿佛是经一只看不见的手轻轻触碰，就蓦然打开——没有一个杂役起身为我点灯，照着我回到房间，夜已经太深了。

第二章

请大家跟随我继续想象下去——现在场景发生了变化。树叶继续往下落，但现在是在伦敦，而不是牛桥；而我也要请你们务必想象一个房间，一个跟成千上万个房间类似的房间，从房间的窗户眺望，越过人们戴的帽子，街上跑着的小货车和汽车，就能看到对面的窗户，而在房间内的桌子上，放着一张空白的纸，上边用大大的字体写着"女性和小说"，再没别的内容。不幸的是，牛桥的午餐和晚宴似乎不可避免地产生了一个续篇，那就是必须要去一趟大英博物馆了。你必须得过滤掉这些印象中个体的、偶然的因素，方能得到纯粹的液体，即最本质的真理之油。因为这趟去牛桥的参观，以及午餐和晚宴引发了许许多多问题。为什么男性喝酒而女性喝水？为什么一个性别如此富足，而另一个性别如此贫穷？贫穷会对小说产生怎样的影响？创作艺术作品的必要条件是什么？——无数个问题同时涌现出来。然而我们需要答案，不是问题；而答案只能通过请教博学之人和心无偏见之人才能找到，他们已经不再逞口舌之争，也已经不被身体所困扰，而且已经把他们理性推论和研究的结果写成著作发表，这些著作被收藏在大英博物馆里。倘若在大英博物馆的书架上都找不到真理，那真理还能在哪儿呢？

我一边问自己，一边拿起一个笔记本和一支铅笔。

就这样做好了准备，就这样充满自信和好奇，我出发去找寻真理。天倒也没有下雨，但阴沉沉的，博物馆周围的街道到处都是敞开着的煤窖孔[①]，一麻袋一麻袋的煤炭正顺着它们往下倾倒；四轮马车慢慢停住，在人行道上卸下用绳子捆好的箱子，想必箱子里面装满了某个瑞士家庭或意大利家庭的所有衣服，他们来此或是想碰碰运气，或是寻求避难，又或是追寻其他什么合意的有用之物，无论是什么，都将在冬天的布鲁姆斯伯里的寄宿公寓中找到。男商贩们的嗓音像往常一样嘶哑，他们推着装满植物的售货车，在街道上大摇大摆地走着，叫卖着。有的是在大声吆喝；有的是在唱着歌。伦敦就像一个工厂。伦敦就像一部织布机。我们就像是梭子一样，被来来回回地推动着，在平纹的基底上编织出某种花纹。大英博物馆就像是工厂的另一个部门。弹簧门自动打开了；然后你就站到宏大的穹顶之下，仿佛你是这巨大的、光秃秃的前额里的一个思想，而前额被一个写满了著名文学家姓名的带子环绕着，无比壮观。[②]你走向借阅台，你拿起一张纸条，你打开一卷目录……这里的五个点分别代表着我感到震惊、惊叹和困惑的五分

---

① 煤窖孔往往被安置在人行道上，并用盖子盖住，直接通向地下室用于储存煤的煤仓。在煤被广泛用于家庭取暖的燃料的时期，即19世纪早期到20世纪中期，这种做法十分普遍。在人行道上安装煤窖孔的目的，是为了方便把装到麻袋里的煤从马车上卸下来，运送到各家各户的煤仓中。因而，煤窖孔安装的地点往往会把搬运煤袋的距离缩到最短，而且也能避免让满是煤灰的麻袋和运煤工人进入住宅内。到了1956年，英国通过了《净化空气法案》之后，强制推行用汽油和煤气来作为家庭取暖的燃料，这种做法在主要的大城市中也逐渐消失。

② 伍尔夫这里描述的是世界闻名的大英博物馆的阅览室。它建成于1857年，最显著的特点是玻璃穹顶，其设计灵感来自罗马万神殿，但实际上采用了铸铁框架布局成圆顶，在技术上是19世纪中期的建筑杰作。

钟。你们知不知道一年内有多少本书是写女性的？你们知不知道其中有多少本是男性写的？你们是否意识到自己也许是宇宙万物中被讨论得最多的动物？我是带着一个笔记本和一支铅笔来到这儿的，打算花上一个上午阅读，以为到了中午时，我应该已经把真理抄录到我的笔记本上了。然而，我想，我应该需要变作一群大象和一大群蜘蛛——拼命地想到那些被公认寿命最长和眼睛最多的动物——才能应对眼下的这种状况。我甚至会需要钢铁般的爪子、黄铜般的喙，才能刺破那层坚硬的外壳。我如何能找到埋在这么一大堆纸中的些许真理呢？我问自己，绝望中，我开始上下扫视那张长长的书名列表。书名本身就已经为我提供了思考的素材。性别及其本质，很可能会吸引医生和生物学家的关注；然而令人惊讶且难以解释的事实是，性别——也就是说，女性——也吸引了讨人喜欢的散文家，技巧高超的小说家，获得了硕士学位的年轻男人；没有获得任何学位的男人；还有那些除了不是女人别无其他优势的男人。乍看起来，有一些书显得轻薄浮夸、乱开玩笑；而很多书要么是严肃的、具有预言性的，要么富于道德说教且有劝勉告诫之意。仅仅读一下这些书名，就已经可以窥见不计其数的男教师、牧师站上他们的讲台和讲坛，喋喋不休地长篇大论，在早该结束这个谈话的限定时间内，根本无法打住。这真的是一个非常奇特的现象；而且显而易见——这里我正在查以字母M开头的名字[①]——这种现象也仅仅局限于男性。女性不写关于男性的书——这让我忍不住长舒了一口气，因为如果在我能动笔之前，先阅读完男性写的关于女性的所有书籍，再把女性写的关于男性的

① 这里M可能是指代男性，英语里Man或者Male都是以M开头。

所有书籍读上一遍，那么一百年才开一次花的龙舌兰也会花开二度了。因而，我完全是随意地挑选了十来本书，然后就把写着书名的那些纸条放进了金属丝的托盘里，然后就坐在我的座位上等着，同其他追求真理的本质之油的人一样。

是什么造成了这一奇特差距呢，我思忖着，并在英国纳税人所提供的本该另作他用的一张小纸条上画起马车轮子。从这个目录来看，为什么男人对女人的兴趣，远远超过女人对男人的兴趣？这看起来似乎是一个十分令人好奇的事实，我的思想开起了小差，开始想象那些把时间花在写关于女人的书的男人的生活是什么样子；他们是老还是年轻，已婚还是未婚，红鼻子还是驼背——不管怎样，我隐约觉得，能成为这么多人关注的对象，是件受宠若惊的事情，只要关注自己的人别全都是老弱病残之人就好——我就这样胡思乱想着，直到一大摞书雪崩一般滑落在我面前的桌子上。现在，麻烦来了。在牛桥受过学术研究训练的学生，毫无疑问懂得用某种方法，像牧羊人那样，引导自己的问题绕开各种令人分心的事物，直至它跑进自己的答案之中，就像羊跑进羊圈一样。比如，坐在我旁边的那个学生，正在勤勤恳恳地抄一本科学手册，我确信，他每隔十分钟左右就会从天然的矿石中提取出纯粹的金块。他不时发出低低的、满意的咕哝声，显然就证明了这一点。然而不幸的是，如果你没有受过任何这类大学的训练，问题远远不是被引向自己的羊圈，而是像受惊的羊群，被一整群猎狗追着，四处乱窜，惊慌失措。教授、男教师、社会学家、牧师、小说家、散文家、记者、除了不是女人别无其他优势的男人，都对我提出的这个简单的、唯一的问题——为什么一些女性这么穷？——穷追不舍，直到它分散成了五十个问题；直到这五十个问题都发疯似的跳入了激流之中，被冲得无影无踪。笔记本的每一页上都满是我草草记下的笔记。为了向你们展现我当时的思想状态，我将其中的几条读给你们听，需要解释的是，页面上的抬头很简单，用大写字母写着“女性和贫穷”；而接下来的内容大概是这样的：

中世纪的状况

斐济群岛的习俗

被当作女神膜拜

道德意识更为淡漠

理想主义

更为勤勉谨慎

南海的岛民，处于青春期的年纪

魅力

被当作祭品

脑容量小

潜意识更为深奥

体毛更少

心智、道德和体力上处于劣势

对孩子的爱

寿命更长

肌肉不发达

情感力量

虚荣心

高等教育

莎士比亚的观点

伯肯赫德公爵的观点

英格教长的观点

拉布吕耶尔的观点

约翰逊博士的观点

奥斯卡·勃朗宁先生的观点

……

读到这里，我喘了口气，然后又在空白处加上，为什么塞缪尔·巴特勒[①]说"聪明的男人从来不表达他们对女性的看法"？显然，聪明的男人从来不说旁的。我继续思索，靠着椅子后背，看着巨大的圆顶，在其中我只是一个思想，但是现在这个思想多少变成了一团乱绪，大为不幸的是，聪明的男人们对女人的想法历来都是不一致的。蒲柏这样说：

大部分的女人都完全没有个性。[②]

---

① 塞缪尔·巴特勒（Samuel Butler，1835—1902）：英国小说家、散文家、批评家，《众生之路》被认为是其代表作。

② 蒲柏（Alexander Pope，1688—1744）：讽刺作家，英国18世纪最具代表性的诗人之一，代表作品包括《批评论》《夺发记》《人论》等。

而拉布吕耶尔则说：

> 女人爱走极端；她们要么比男人好，要么比男人差。[①]

这是两位同时代的敏锐观察者所得出的针锋相对的结论。她们有没有接受教育的能力？拿破仑认为没有。约翰逊博士则持相反观点。[②]她们有没有灵魂？有些野蛮人说她们没有。而其他人则正好相反，认为女人具有半神圣的性质，并为此膜拜她们。[③]一些智者认为她们思想更为肤浅，另外一些人则认为她们的意识更深刻。歌德歌颂她们，墨索里尼鄙视她们。无论你看向何处，男人都在思考着女人，而且看法各不不同。我断定，要完全弄清楚这些思想，只是徒劳而已，我带着一丝嫉妒瞥了一眼坐在隔壁的读者，他正在做最有条理的摘录，页面顶端的标题时常是以A、B、C来标示顺序，而我自己的笔记本则杂乱无章，到处都是潦草写下的相互矛盾的简短记录。这令人痛苦，令人困惑，令人感到丢脸。真理从我的指缝中溜走了。一点一滴也不剩。

思来想去，我不可能就这样回家，以为就只是加上一条女性身体上的体

---

① 本句原文是法语：Les femmes sont extrêmes；ells sont meilleures ou pires que les hommes。英文译为：Women go to the extremes: they are better or worse than men。拉布吕耶尔（Jean de la Bruyère，1645—1696）：法国作家。

② 男人知道女人是他们的劲敌，因此他们选择她们中最弱的或是最愚昧的。倘若他们不是这样认为的话，就从来不会害怕女人懂得的跟他们一样多。……出于对性别公正的考虑，我认为承认这一点，也就是在下面的对话中，他告诉我他所说的一切都是认真的，不过是坦率的表现。——鲍斯威尔《赫布里底群岛游记》——原注

③ 古代日耳曼人相信，女人有某种神圣之处，因此会像请教女祭司那样请教她们。——弗雷泽《金枝》——原注

毛长得比男性少,或者南海诸岛岛民青春期的年龄是九岁——或者是九十岁?——甚至连字迹都因为不专心而难以辨认,就算是对女性与小说的研究做出严肃的贡献了。在忙活了一个上午之后,却拿不出比这更重要、更令人尊重的成果出来,实在让人感到丢脸。而如果我无法掌握有关W[①](为简略起见,我已经开始这么称呼女性)过去的真相,为什么还要费力弄清楚W的未来呢?想来,向那些绅士请教,也纯粹是在浪费时间,尽管他们为数众多又学识渊博,而且都是专门研究女性和她在政治、儿童、薪资、道德等领域所具有的影响力的。我们最好还是不要翻开那些书为好。

然而在我陷入沉思时,在感到百无聊赖、感到绝望时,我一直在笔记本上无意识地画画,虽然我应该像坐在我隔壁的邻座那样,在上面写结论。我一直在画一张脸,一个身形。这是冯·×教授的脸和身形,他正在全神贯注地写他的不朽之作,题为“女性的智力、道德及身体之劣势”。在我的画中,他不是一个对女性具有吸引力的人。他身材臃肿,下颌肥大,为了制衡,他长了一双极小的眼睛,而且他面色通红。从脸上的表情可以看出,他正在某种情绪的控制下奋笔疾书,正是这种情绪让他用笔在纸上猛戳,他在挥笔写作时,仿佛正在杀死什么害虫一样,但即便是他杀死了害虫之后,也并没有感到满足;他必须一直戳,一直戳;哪怕如此,激怒他、惹恼他的那个原因依然存在。会是他的妻子吗?我看着我的画,问道。她是爱上了一个骑兵军官吗?这位骑兵军官是不是身材修长,举止优雅,穿着俄国羔皮制服?如果要用弗洛伊德理论来推测的话,他是不是在摇篮里被一个漂亮姑娘嘲笑

① W是指女性,是英文中Woman的首字母。

了？因为即便是在摇篮中，这位教授，我想，也不可能是个招人喜欢的孩子。不管是什么原因，在我的素描中，当这位教授在写他那本关于女性智力、道德和身体之劣势的伟大著作时，看起来怒气冲冲，丑陋不堪。画画是结束一个早上徒劳工作的懒散方式。然而正是在我们的懒散中，在我们的梦中，被掩盖的真理有时才会浮现于表面。在我看着自己的笔记本的时候，只需要动用一点最基本的心理学知识，甚至都不需要打着精神分析的名号，就可以明白，这位愤怒的教授，实属愤怒之作。在我想象时，愤怒攫住了我的铅笔。但是，愤怒怎么会在这里？兴趣、困惑、愉悦、厌倦——所有这些情感我都可以追踪并命名，因为一整个上午它们一个接一个地先后出现。难道愤怒这条邪恶之蛇竟然潜藏在它们当中？是的，这幅素描画在说，愤怒的确是如此。它确凿无疑地向我指出，将那恶魔唤醒的就是那本书，那个词组；它就是那位教授关于女性智力、道德和身体之劣势的陈述与论述。我的心跳加速，面颊发烫。愤怒让我面红耳赤。尽管显得有些愚蠢，但这个论述本身并没有什么奇特之处。你不喜欢别人告诉你说，你天生比不上一个身材矮小的男人——我看着坐在旁边的那位学生——他呼吸粗重，戴着免打结领带，而且已经两星期没有刮胡子了。人人都有些显得愚蠢的虚荣心。这不过是人性而已，我思索着，然后开始在教授愤怒的脸上画马车车轮和圆圈，直到他看起来像是燃烧着的灌木丛，或者冒着火焰的彗星——总之，是一个失去人形或人的特征的幽灵。教授现在不过是在汉普斯特德荒野[①]上燃烧

① 汉普斯特德荒野（Hampstead Heath）是位于伦敦西北部的一个著名的野生公园，以树林和草地著称。1820年，英国著名风景画画家约翰·康斯特布尔曾以此为题创造了一幅名画。

着的一捆柴火。很快，我自己的愤怒就得到解释并且消失了；然而好奇心依旧存在。如何解释教授们的愤怒？他们为什么愤怒？因为当我们要分析这些书所留下的印象时，总是有一种强烈的情感存在。这种强烈的情感呈现出很多形式；它体现于讽刺、哀伤、好奇、排斥之中。然而实际上还有另外一个因素，它时常出现，却无法被立即辨识出来。愤怒，这是我对它的称呼。但这种愤怒是隐藏起来的愤怒，是把自己与其他所有类型的情绪混合在一起的愤怒。从它所产生的奇特结果来判断，它是伪装起来的、复杂的愤怒，而不是简单的、公开的愤怒。

我审视着堆在桌子上的那一摞书，不管是何原因，我想，所有这些书，对达成我的目标来说没有任何价值。也就是说，它们不具有科学意义上的价值，虽然从人的经验和知识的角度来说，这些书充满着训导、兴趣和无聊，以及那些有关斐济群岛习俗的十分古怪的事实。它们是在情感的红色之光而非真理的白色之光的照耀下写出来的。因而，必须把它们归还到中央的桌子上，把每一本都放回到这个庞大的蜂巢中属于它自己的格子里。关于那个早上的工作，我能记得的所有部分，就是发现了愤怒这个事实。教授们——我将他们合并在一起——非常愤怒。但为什么呢？把书归还之后，我问自己，为什么，我重复地问，我站在柱廊之下，周围是鸽子和史前独木舟，为什么他们会愤怒？我一边问自己这个问题，一边慢慢走着去找一个地方吃午餐。我暂时称之为他们的愤怒的这种情感，其真正的本质究竟是什么？我追问。在我坐在大英博物馆附近一个小餐馆里，等着食物被端上来的整段时间，这个疑问一直存在。此前在这儿用餐的人在椅子上留下了晚报的午餐版，因而在等餐期间，我开始漫不经心地浏览各个标题。一个写着大大字母的绶带横跨整个页面。某人在南非大获全胜。更短一些的绶带宣布奥斯汀·张伯伦爵士[①]已到达日内瓦。一把沾着人的头发的切肉刀在地窖里被发现。法官先生在离婚法庭上对女性的不知廉耻大加评论。报纸上还夹杂着很多条其他新闻。一个电影女演员从加利福尼亚的一个山峰上用绳索吊着，悬在半空中。将会出现多雾天气。哪怕是这个星球最短暂的访客，我想，捡到了这张报纸，即便是从这些支离破碎的证据中，都必然会意识到，英格兰是一个男性统治的国家。但凡具有理性的人，都必然会注意到教授所处的支配地位。他的支配地位在于权力，在于金钱，在于影响力。他是报纸的所有者、编辑、副编辑。他担任外交秘书和法官。他是板球运动员。他拥有赛马和游艇。他是一家公司的董事，这家公司以百分之二百的利润回馈股东。他留下数百万给慈善机构和大学学院，而这些都是由他自己统治的。他把那位电影女演员悬在半空中。他将判定在砍肉斧上发现的毛发是不是属于人类的；正是由他决定到底是宣判凶手无罪还是有罪，是绞死他，还是无罪释放。除了大雾之外，他似乎掌控一切。然而他却是愤怒的。我通过以下方式知道他们是愤怒的。当我阅读他所写的有关女性的作品时——我思考的不是他所说的，而是他本人。当一个论辩者不带感情地进行论辩时，他所思考的仅仅是论点本身；而读者也会不由自主地思考论点。如果他不带感情地书写女性，运用不容置疑的证据来建立自己的论点，而且也没有任何迹象表明他倾向于某一个结果而非另一个结果，那么你也

---

① 奥斯汀·张伯伦爵士（Sir Austen Chamberlain，1863—1937）：1924—1929年任英国外相，曾出席日内瓦“国际联盟”会议，1925年获诺贝尔和平奖。

不会感到愤怒。你可能会接受这个事实，就像你接受豌豆是绿色的，或者金丝雀是黄色的这样的事实一样。那就这样吧，我会说。但因为他愤怒，我也变得愤怒。不过，一个拥有这般权力的人却如此愤怒，这一点显得很荒唐，我边翻晚报边思考。又或者，我在想，愤怒在某种意义上是常常伴随着权力而生的小精灵？比如，富人时常表现出愤怒，因为他们怀疑穷人想要攫取他们的财富。教授们，或者家长们——用这个词称呼他们或许更准确——他们的愤怒可能部分是由此引发，而部分则是由另一个原因引发的，但这个原因并不能十分明显地从表面上看出来。或许他们一点也不“愤怒”；实际上，他们在私人生活的各种关系中，时常看起来是令人赞赏的、忠诚的、具有模范作用的。或许，当教授有点过于强调女人的低等性时，他所关注的其实不是她们的低等性，而是他自己的优越性。这就是他急切地、以过度强调的方式要保护的，因为对他而言，它就是一个稀有珍宝。对两个性别的人来说，生活——我看着他们在人行道上挤来挤去——都是艰辛的、困难的，是场无休无止的挣扎。它需要无上的勇气和毅力。或许，最为重要的是，因为我们是充满幻想的生物，生活需要对自身充满信心。没有自信，我们与摇篮里的婴儿无异。那么，我们如何以最快的速度，产生这种不可估量而又如此可贵的品质呢？通过认定其他人比自己低等。通过感到你有某种与生俱来的优越于其他人的方面——它可能是财富，地位，挺直的鼻子，又或者是罗姆尼[①]画的祖父的肖像画——因为人类想象力所动用的惹人同情的手段是

① 这里指的是乔治·罗姆尼(George Romney，1734—1802)，英国画家，擅长肖像画，与庚斯博罗和雷诺兹并称为英国肖像画三巨头。

无穷无尽的。因此，对于一个必须征服、必须统治的男性统治者来说，至关重要的一点是，他相信很大部分的人，实际上是一半人类，都天生低他一等。实际上，这必定是他权力的主要来源之一。但我想，还是让我打开这盏观察之灯，让它映照于现实生活之上。它是否会有助于解释你在日常生活的局限之处所注意到的一些心理困惑？它能否解释那天当男人中最具同情心、最谦逊的Z，拿起丽贝卡·韦斯特[①]的一本书，读了其中的一段，便大声惊叫起来，说“坏透了的女权主义者！她说男人是势利眼！”时，我所感受到的震惊？这声大叫让我感到惊讶万分，因为韦斯特小姐做出的表述虽然对另一个性别有失恭维，但她说的也有可能是事实，为什么就成了一个坏透了的女权主义者？这声叫喊不仅显示了受到伤害的虚荣心；同时也是对坚信自己的权力遭到某种侵犯而做出的抗议。这许多世纪以来，女性都充当了镜子，这面镜子拥有神奇的、令人愉快的能力，把男人的身形放大到原有尺寸的两倍。倘若没有这种能力，世界很有可能还仍然是沼泽和丛林。根本没有人会知道所有战争带给我们的荣耀。我们会依然在残留的羊骨上刻画鹿的轮廓，依然在用打火石去交易羊皮或其他任何符合我们的原始品位的朴素饰品。“超人”和“命运之指”[②]也将从来不会存在。沙皇和皇帝也从来不会戴上王冠、丢掉王冠。不管镜子在文明社会中有怎样的用途，它对所有

---

① 丽贝卡·韦斯特（Rebecca West，1892—1983）：英国作家、文学评论家，年轻时是一个坚定的女权主义者和社会改良者。

② “超人”（Superman）是德国哲学家尼采在《查拉图斯特拉如是说》中提出的概念，指那些能摆脱传统道德观念束缚，拥有强大生命力和意志力的人，代表着尼采最高的道德理想人格。“命运之指”的出处不详，不知是否与尼采“永恒轮回”的生命观有关联。不论如何，伍尔夫在此处暗指尼采，是与他被认为有“厌女”倾向有关，在《查拉图斯特拉如是说》中就有不少相关论述。

暴力的、英勇的行为来说都是必不可少的。这也是为什么拿破仑和墨索里尼都如此坚持不懈地强调女人的劣等性，因为如果女人不是低等的，那么她们就无法再起到放大的作用。这也部分解释了为什么女人对男人来说往往是必不可少的；也解释了为什么一旦受到她的批评，他们会是多么烦躁不安。要是她对他们说这本书写得多么糟糕，这幅画缺乏力度，或诸如此类的话，相比一个男人给予同样的批评，就必然会引发更大的痛苦，激起更强烈的愤怒。因为如果她开始讲真话，镜子中的人物就会萎缩；他与生活的适配程度就会降低。除非他在早餐和晚餐桌上能看到一个至少比真实的自己膨胀两倍的自己，否则他又如何继续做出判决、教化土著人、制定法律、著书立说，又怎能盛装打扮起来，在宴会上高谈阔论？我这样思索着，一边把面包捏成碎屑，一边搅动着咖啡，并且时不时地看两眼街道上的行人。镜中影像具有无上的重要性，因为它赋予男人以生命力；它刺激着整个神经系统。把它拿走，男人可能就会死，就如同一个被剥夺了可卡因的瘾君子一样。我思考着，看着窗外，在那一幻觉的魅惑下，人行道上一半的人都在阔步走着去工作。在早晨令人愉悦的阳光下，他们戴上帽子，穿上大衣。他们自信、精力充沛地开启了自己的一天，相信自己是史密斯小姐的茶会所期盼的人物；走进房间时，他们告诉自己，我比这里的一半人都优越，也正是这样，他们说话时自信满满、胸有成竹，而这在公共生活中已经产生了深远的影响，并且在个人思想的空白处留下了令人好奇的注解。

男性心理学是个危险又令人着迷的话题，而现在我对这个话题所做的这些思考——我希望，当你每年有五百英镑自己的收入时，这会是你研究的一个话题——被打断了，必须要付账单了。总共是五先令九便士。我给了侍者一张十先令的纸币，他去帮我找零钱。在我的钱包里，还有一张十先令的纸币；我注意到了这一点，因为我的钱包拥有能自动生出十先令纸币的魔力这样的事实，仍旧令我惊叹。我打开钱包，十先令纸币就在那里。只消拿特定数量的几张纸币作为交换，社会就会为我提供鸡肉、咖啡、食宿，而这钱是姑母留给我的，就因为我们拥有共同的姓氏。

玛丽·比顿，我必须告诉你的是，我的姑母是在孟买的户外骑马溜达时坠马而死的。我得知自己要继承遗产的消息是在一个晚上，与女性选举权法案的通过几乎发生在同一时间。律师的信函投进了邮筒中，而当我打开它时，发现姑母留给了我每年五百英镑的遗产，而且永久有效。在选举权和金钱这两者之中，我承认，金钱似乎要重要得多。在那之前，我的生计主要依赖从报社那里谋得的一些散活，或者是报道这儿的驴子表演或那儿的婚礼；我曾给信封上填地址，给老夫人们读书，制作假花，在幼稚园里教小孩子们识字，通过做这些，挣得了几英镑。1918年之前，这些是对女性开放的主要工作。恐怕我不需要细细描述工作的难度，因为你们或许知道一些做过此类工作的女性；也不需要细细描述要依赖所挣得的这几英镑来维持生计是多么艰难，因为或许你们自己已经尝试过了。然而，比以上这些方面的经历更让我感到痛苦的，是那些日子在我内心滋生出恐惧和怨恨这种极为有害的思想。首先，永远要做那些你不愿做的工作，而且要像奴隶那样去做，阿谀奉承，谄媚巴结，或许并不是一直需要如此，但它看起来十分必要，而且因为事关重大，所以不敢冒险拒绝不做；接着，会想到一种被埋没起来就无异于死亡的天赋——无论是多小的天赋，对其所有者来说都是弥足珍贵的——在消亡，而与其一同消亡的还有我的自我、我的灵魂，所有这一切都变得像铁锈一般，慢慢吞噬春天绽放的花朵，摧毁树木的要害。然而，正如我所说的，我的姑母死了；而每当我拿出十先令纸币来花时，那种锈和被腐蚀的部分会被拭去一点，恐惧和怨恨就会消失。我把找回来的硬币放回到钱包里，回忆起了那些日子里的怨恨，不禁想到，固定的收入会在多么大的程度上改变一个人的脾气啊，这实在是令人惊叹。世界上没有任何力量能够从我手里夺走我的五百英镑。食物、住房和衣服，永远都是我的。因而，终止的不仅是辛苦和操劳，而且还有憎恶和怨恨。我不需要憎恨任何男人，他伤害不了我；我也不需要奉承任何男人，他没什么能给我。因而不知不觉中，我发现自己对另一半人类采取了全新的态度。总而言之，责备任何一个阶级或任何一个性别都是极为不合理的。绝大部分人都从来不对自己所做的事情负责任。他们都是受到自己本能的驱使而不受控制。他们，即那些家长、教授，也不得不同无穷无尽的困难和糟糕的不利条件抗争。他们所受的教育在某些方面跟我的一样，也是不完美的。教育成就了他们的伟大，但同时也造成了他们的缺陷。的确，他们拥有金钱和权力，但也是要付出相应的代价，他们的胸中隐藏着鹰、秃鹫，它们永远在撕裂他们的肝脏，无休止地啄食他们的肺——占有的本能、攫取的狂热驱动着他们，让他们永远觊觎他人的田地和物品；去开疆辟土，去攻城略地；去建造战舰，去制造毒气；去献祭了他们自己的生命，也献祭了他们子孙后代的生命。穿过海军拱门（我现在已经走到了那座纪念碑前），或者任何其他专门用于放置战利品和大炮的大街，都会勾起人们对那些曾被讴歌的光荣战绩的联想。或者在春日暖阳中，注视着股票经纪人和伟大的辩护律师走进去，去挣钱，挣更多钱，挣更多更多钱，而事实上，一年五百英镑就足够一个人在阳光下享受生活了。我想，怀有这些本能都是令人不快的。它们都是生活条件所造成的，是文明缺失造成的结果，我思考着，望着剑桥公爵的雕像[1]，尤其是他三角帽上的羽毛，此前它们从未被如此专注地观察过。而当我在意识到这些缺陷时，渐渐地，恐惧和怨恨转变成了怜悯和宽容；然后，在接下来的一年或两年中，怜悯和宽容也消失了，随之而来的是最伟大的解脱，那就是能够思考事物本身的自由。比如，那栋建筑，我喜不喜欢？那幅画，美还是不美？在我看来，那本书写得是好还是很糟糕？实际上，我姑母的遗产向我揭开了天空的面纱，在一览无垠的天空中，我看到的不再是弥尔顿让我永远膜拜的高大、威严的绅士形象。

就这样想着、推测着，我沿着河边走回到自己的住处。灯亮了起来，与清晨相比，现在的伦敦正发生着一种难以言喻的变化。仿佛这部庞大的机器在经历过一整天的劳作之后，在我们的帮助下，已经制作出来几码某种十分令人兴奋和美丽的织品——一种火红的织物闪耀着红色眼睛，一只黄褐色的怪兽，吼叫着，喷发出炎热的气息。甚至风也像旗子那样飘扬起来，它猛烈地击打房屋，吹得大幅广告牌发出咔哒咔哒的声响。

然而在我住的这条狭窄的街道上，家庭生活占据了上风。房屋粉刷工正从梯子上爬下来；保姆们正小心翼翼地推着婴儿车进进出出，赶着去吃茶点；运煤工人正把空空的麻袋折叠好，一个个码放起来；果蔬店的老板娘正在用戴着红色连指手套的手，计算着一天的进账。我依然在全神贯注

---

① 剑桥公爵（Duke of Cambridge），即指乔治亲王（Prince George，1819—1904），以古板守旧著称，担任英国陆军元帅及陆军总司令近四十年，文中提及的为纪念他而建的雕像于1907年揭幕。

地思考你们交代给我的问题，故而在看到这些寻常景象时，也都会把它们与那个问题关联起来思考。我在想，现在要说出这些职业中哪一种更有价值，哪一种更必要，甚至比一个世纪以前更难得多。是做一个运煤工人更好，还是做一个保姆更好；把八个孩子抚养长大的女清洁工，对世界来说所具有的价值，是不是要比挣了十万英镑的辩护律师要少？提出这样的问题也是徒劳，因为没有人能够给出答案。不仅是女清洁工和律师的相对价值起伏不定，十年河东，十年河西，而且我们甚至也没有标杆去衡量它们在当下的价值。如果我要求教授在他有关女性的论点中，为我提供这种或那种“不容置疑的证据”时，就显得很愚蠢。哪怕是你能够说明当时某一种才能的价值，那些价值也会发生变化；很有可能在一个世纪的时间里，它们会发生彻底的改变。当我走到了自己家门口的门阶上，我在想，更何况，一百年之后，女性将不再是被保护的性别。从逻辑上来讲，她们会参与到此前曾把她们排斥在外的所有活动和行动中。保姆会搬运煤，女店主会开车。当女性还是被保护的性别时，在所观察到的事实之上做出的种种假设，都将会消失——例如（说到这里时一小队士兵正沿着街道行进），人们往往臆测，女性、牧师和园丁都比其他人活得久一些。撤掉这层保护，使她们面对同样的行动和活动，把她们变成战士、水手、机车司机、码头工人，那么女性必定会比男性在更年轻的时候、以更快的速度死掉，这样人们就会说，“我今天看到了一个女人”，正如过去人们常说“我看到了一架飞机”那么稀罕。当女性不再是一个被保护的职业，一切都有可能发生，我一边想着，一边推开了门。但这一切与我论文的主题，即“女性和小说”，又有什么关系呢？走进屋内的时候，我这样问自己。

第三章

晚上没能带回来某个重要的说法，或者某个可信的事实，不免令人失望。女性比男性贫穷，因为这样或那样的原因。或许现在最好是放弃追求真相，任由外界观点雪崩般地涌进头脑，它如岩浆般炽热，如洗碗水般浑浊。最好是拉上窗帘，把各种烦扰心神之事统统拒之门外。打开台灯。缩小探索范围，去请教记录事实而不是观点的历史学家，看他们如何描述女性的生活状况，没有必要考察所有历史时期，而是只谈英国女性，只谈，比如伊丽莎白时代。

因为一直以来，有个问题始终困扰着我：为什么没有哪一位女性在文学这个非凡的领域留下任何只言片语，而其他所有男性似乎都能写颂歌或者十四行诗？我问自己，当时女性的生活状况是什么样子？因为小说，也就是想象性的作品，并不会像石子一样被投掷到地面上，科学或许如此；小说就像是一张蜘蛛网，或许总是如此淡淡地与生活关联起来，但毕竟四个角落都是与生活粘连起来。这种粘连通常是不易被察觉到的；例如，莎士比亚的戏剧看似凭空地挂在那里，自成一体。然而当网被拉歪，或是边缘被连接起来，或是中间被撕开时，人们就会想起，这些网并不是某种无形体的生灵在半空中织成的，而是遭受痛苦的人类创作出来的作品，而且是与极为物质性的东西，比如健康、金钱以及我们居住的房子关联起来的。

因此，我走到摆放着历史著作的书架旁，拿了一本新近出版的特里维廉教授的《英国史》[①]。我再一次查找“女性”，再找到“地位”这一条，并翻到了相应的页面。“打妻子，”我读道，“是男人公认的权利，并且被毫无羞愧地付诸实践，无论上层社会还是下层社会都是如此……类似地，”历史学家接着写道，“如果女儿拒绝跟父母为其选择的绅士结婚，就有可能被关起来打一顿，然后被扔到房间里，而且不会引起任何公众舆论的震惊。婚姻与个人感情无关，而是事关家族的贪婪，尤其是在崇尚‘绅士之风’的上层阶级……婚约时常是在一方或者双方都尚在摇篮之中就已缔结，而在还几乎未脱离保姆的照顾时就已完婚。”这大约发生在1470年，也就是乔叟的时代刚结束不久。下一次提及女性地位，是在大约两百年之后的斯图亚特时期。“上层阶级和中产阶级的女性选择自己的丈夫，仍属罕见，而当丈夫被指定好，他就成了一家之主，至少法律和习俗会赋予他这样的地位。然而即便如此，”特里维廉教授总结道，“无论是莎士比亚笔下的女性，还是那些真实的17世纪回忆录中的女性，比如弗尼家族和哈钦森家族的女子，都似乎不缺乏个性和特色。”当然了，细思之下，克莉奥佩特拉必须有自己特立独行的方式；麦克白夫人，人们会假设，必定有自己的意志；罗莎琳德，人们可能会推断，是一个有魅力的姑娘。当特里维廉教授指出，莎士比亚笔下的女性

---

① 即乔治·特里维廉(George Macaulay Trevelyan，1876—1962)：英国历史学家，剑桥大学现代历史学教授，他的《英国史》既是历史专业学生的必读书目，同时也受到普通读者的喜爱。他的历史思想更倾向于辉格党传统，而且对英国民族构成中的盎格鲁-撒克逊元素表现出强烈兴趣。

都似乎不缺乏个性和特色时，他不过是说出了事实而已。而你不是历史学家，因而或许你会更进一步地说，自一开始，女性在所有诗人的所有作品中，都一直像灯塔那样燃烧——在剧作家中，这些女性是克吕泰涅斯特拉、安提戈涅、克莉奥佩特拉、麦克白夫人、菲德拉、克瑞西达、罗莎琳德、苔丝德蒙娜、马尔菲公爵夫人等等；而在小说家中则有米拉曼特、克拉丽莎、蓓基·夏泼、安娜·卡列尼娜、爱玛·包法利、盖尔芒特夫人[①]——这些名字一股脑涌入脑子里，而她们也不是让人想到“缺乏个性和特色”的女性。实际上，除了男人创作的小说之外，女人别无其他栖身之所，那么人们就难免会把她想象成一个至关重要的人物。她们千变万化，英勇又刻薄，杰出又卑鄙，无比美丽又极端丑恶，像男人一样伟大，在有些人看来，甚至比男人还要伟大。[②]

---

① 克吕泰涅斯特拉，古希腊剧作家埃斯库罗斯的悲剧《阿伽门农》里的女主人公，即阿伽门农的妻子；安提戈涅，古希腊剧作家索福克勒斯的悲剧《安提戈涅》里的女主人公；克莉奥佩特拉，莎士比亚的戏剧《安东尼与克莉奥佩特拉》里的女主人公；麦克白夫人，莎士比亚的悲剧《麦克白》里的女主人公；菲德拉，拉辛的悲剧《菲德拉》里的女主人公；克瑞西达、罗莎琳德、苔丝德蒙娜分别是莎士比亚的悲剧《特洛伊罗斯与克瑞西达》、喜剧《皆大欢喜》、悲剧《奥赛罗》里的女主人公；马尔菲公爵夫人是英国雅各宾派剧作家约翰·韦伯斯特（John Webster，1580—1632）的悲剧《马尔菲公爵夫人》里的女主人公；米拉曼特，英国风俗喜剧作家威廉·康格里夫（William Congreves，1670—1729）的《如此世道》里的女主人公；克拉丽莎是英国十八世纪小说家塞缪尔·理查逊（Samuel Richardson，1689—1761）的作品《克拉丽莎》里的女主人公；蓓基·夏泼是英国小说家威廉·萨克雷（William Makepeace Thackeray，1811—1863）的小说《名利场》里的女主人公；安娜·卡列尼娜是俄国小说家列夫·托尔斯泰的作品《安娜·卡列尼娜》里的女主人公；爱玛·包法利是法国小说家福楼拜的小说《包法利夫人》里的女主人公；盖尔芒特夫人是法国小说家普鲁斯特（Marcel Proust，1871—1922）的小说《追忆似水年华》里的女主人公。

② 一个奇特的、几乎无法解释的事实是，在雅典娜之城，女人都被当作女奴或苦工一样，几乎处于一种东方式的压制之下，舞台上还仍未创作出像克吕泰涅斯特拉和卡珊德拉、阿托莎和安提戈涅、菲德拉和美狄亚这样的人物，以及其他主宰着“厌女主义者”欧里庇得斯一部接一部的戏剧的女主人公们。然而，这个世界的悖论，即在现实生活中，一个体面的女性几乎不能单独在街上抛头露面，而在舞台上女性可以与男性平起平坐，甚至凌驾在他们之上，还从来未得到令人满意的（转下页）

然而这不过是小说中的女性。实际情况正如特里维廉教授指出的那样，她被锁起来，被打，被扔进房间里。

因此一种极为古怪的、复合的生物就出现了。想象中，她具有至高无上的重要性；而实际上，她却十足地无关紧要。她现身于各个诗集的封面上，在历史中却无迹可查。小说中，她支配着国王和征服者们的生活；而事实上，她是某个男青年的奴隶，他的父母强行把戒指戴在她的手指上。在文学中，某些最鼓舞人心的话语，某些最深邃的思想都从她的口中说出；而现实生活中，她几乎不会阅读、不会书写，而且还是丈夫的财产。

这的确是一种奇特的怪物，是人通过先阅读历史学家的著作，再接着阅读诗歌，凭空捏造出来的——这是一条有着鹰一般翅膀的虫子，是象征着生命与美的精灵，在厨房里切碎板油。然而，无论对想象来说是多么愉悦，这些怪物在现实中都是不存在的。为了让她具有生命，人们必须既要富有诗意地思考，同时也要实事求是地思考，这样才能与现实保持关联——她是马丁夫人，三十六岁，穿着蓝色衣服，戴着黑色帽子，穿着棕色鞋子；但同时也不会忽视其虚构性的一面——她就像是一个容器，各种各样的精神和力量在其间持续不断地涌动、闪现。然而，当人们试图运用这一方法来看待伊丽

(接上页)解释。在现代悲剧中，同样的主导地位依旧存在。不管怎样，只要粗略浏览一下莎士比亚的作品(类似的还有韦伯斯特的剧作，不过马洛或琼森的作品不同)就足以发现，女人所占据的主导地位、所具有的主动性，是如何从罗莎琳德一直持续到麦克白夫人的。在拉辛的作品中也是如此；他有六部悲剧都是以女主人公的名字命名；而在他的男性人物中，又有谁能够与埃尔米奥娜和安德洛玛克、贝蕾妮丝和罗克珊、菲德拉和阿达莉等等相匹敌呢？易卜生也是如此；我们又能让谁与索尔维格和诺拉、赫达和希尔达、旺格尔和丽贝卡·韦斯特相匹敌呢？——F. L. 卢卡斯《悲剧》，第114—115页。——原注

莎白时期的女性时，这一个方面就得不到阐明；事实的缺乏造成了这一障碍。关于她，我们无法知道任何细节，无法知道绝对真实的、重要的事实。历史几乎从未提到过她。我又回到了特里维廉教授，想看一下历史对他来说意味着什么。我浏览了他书中各章的标题，发现历史意味着——

“庄园庭院与敞田农业耕种方法……西多会修士和养羊业……十字军东征……大学……众议院……百年战争……玫瑰战争……文艺复兴时期学者……修道院的瓦解……农业和宗教冲突……英国海洋力量的起源……无敌舰队……”等等。偶尔有个别女性被提及，某个伊丽莎白，或某个玛丽；某位女王或某位伟大的女士。但是除了头脑和个性可以任由自己支配的中产阶级女性，其他女性是无论如何也参与不到任何一场伟大的运动之中去的，而正是这些伟大运动的集合，构成了历史学家对过去的观点。我们也无法在轶事集中找到她。奥布里几乎从未提到过女人。[①]她也从不书写自己的生活，而且几乎不写日记；仅有少量的信件得以留存下来。她也没留下任何剧本或诗歌，能让我们对她进行评判。我想，我们想要的——为什么纽纳姆或格顿某个出类拔萃的学生不能提供呢？——是大量的信息：她是在几岁结婚的？她通常生几个孩子？她的住宅是什么样子的？她有自己的房间吗？她是不是自己下厨？她雇用了仆人吗？所有这些事实，很可能都存在于教区的登记簿和账簿中的某个地方；关于伊丽莎白时期普通女性生活的信息，肯定是散布在某个地方，人们能否把它收集起来，并将它写

① 奥布里（John Aubrey，1626—1697）：英国作家，热衷于收集各种八卦轶事，最具代表性的作品是《人物小传》。

成一本书？向那些著名学院的学生提议他们应该重写历史，这一想法过于野心勃勃，我没有这个胆量。我一边想着，一边浏览书架，查找那些并不存在于那儿的书，虽然我也承认，这个念头本身的确时常显得有些古怪，不真实，偏颇；但为什么他们不能为历史增缺补遗呢？当然，要用某个不那么显眼的名字来命名这个补遗，这样女性就可以正当地出现于其中。因为人们时常在伟人的生活中瞥见她们的影子一闪而过，又迅速隐入背景中，我有时想，这掩藏了一个眨眼，一个笑声，或许还掩藏了一滴眼泪。毕竟，我们对简·奥斯丁的生活足够了解，似乎看起来没什么必要再去思考乔安娜·贝利[①]的悲剧对埃德加·爱伦·坡的诗歌的影响；而对于我自己来说，我不会介意玛丽·罗素·米特福德的家和经常光顾的场所对公众至少关闭了一个世纪。但我觉得令人震惊的是——我继续思考着，又再次浏览起书架——人们对18世纪以前的女性一无所知。在我头脑中，没有任何一个典范可以让我这样那样反复思考。现在我在这里追问，为什么伊丽莎白时代的女性不写诗，但我并不确定她们接受了怎样的教育，她们是否学会了书写，她们是否有自己的起居室，有多少女性在二十一岁之前就已经生了孩子；总之，她们在早上八点至晚上八点之间都做了什么。显然，她们没有钱；依特里维廉教授所言，不管她们愿意与否，她们在走出婴儿室之前都会结婚，很有可能在十五岁或十六岁。鉴于以上情况，我得出结论，假如她们中的一位突然写出了莎士比亚戏剧，那反倒是件奇事了。我想到了那位老绅士，他早已

① 乔安娜·贝利（Joanne Baillie，1762—1851）：英国剧作家、诗人，她是历史小说家沃尔特·司各特的好友。

作古，但我想他曾经是一位主教，他宣称任何一个女人，不管是在过去、现在还是未来，都不可能拥有莎士比亚的才能。他曾给报纸写信论述此事。他也告诉一位曾向他咨询的女士，事实上猫是不会上天堂的，尽管它们，他补充道，具有某种灵魂。那些老绅士过去曾经免除了我们多少思考的麻烦啊！当他们走近时，无知的边界又往回收缩了多少啊！猫不会上天堂。女人不可能写出莎士比亚的戏剧。

尽管如此，当我看到书架上莎士比亚的作品时，我还是忍不住会想，主教至少在这一点上是正确的；在莎士比亚时代，任何一位女性都绝无可能写出莎士比亚的戏剧。既然事实如此难寻，不妨让我想象一下，假如莎士比亚有一个才华横溢的妹妹——我们姑且称其为朱迪斯——那么情况会是怎样。莎士比亚的母亲是位女继承人，莎士比亚本人很有可能上了文法学校，在那里，他可能学习了拉丁语——读了奥维德、维吉尔与贺拉斯——也学习了语法和逻辑的基本知识。众所周知，他是个顽劣的孩子，不仅偷猎野兔，也许还射杀了一头鹿，而且仓促地娶了邻家女子，婚后不到十个月，她就替他生了一个孩子，时间快得不免让人生疑。正是那个荒唐愚蠢的冒险行为，让他逃到伦敦去碰碰运气。他似乎对剧院情有独钟；一开始，他在剧场后门为别人牵马。很快，他就在剧院里找到活儿干，成了一名成功的演员，生活在世界的中心，交友甚广，无人不识。他在舞台上练习技艺，在街巷中磨炼自己的智慧，甚至得以进入王宫。与此同时，让我们设想一下，他那天资聪颖的妹妹则待在家里。她也一样具有冒险精神，具有想象力，也像他一样急切地想要见识这个世界。然而她没有被送去学校读书。她没有机会学习语法和逻辑，更别提阅读贺拉斯和维吉尔了。她时不时地拿起一本书，或许是她哥哥的,读上几页。但她的父母进来了,吩咐她去补长筒袜或照看炉子上炖着的汤,不要把时间都虚掷在看书读报上。他们可能语气严厉,但充满关切,因为他们是家境殷实的人家,深知女人真实的生活状况,也爱自己的女儿——事实上,她很有可能是父亲的掌上明珠。或许她也躲在储存苹果的阁楼里偷偷地胡乱写了几页纸,但小心翼翼地把它们藏起来,或者付之一炬。然而很快,在她十几岁时,她就要与邻近的一位羊毛商的儿子定亲。她大声叫喊,说她憎恨婚姻,为此她的父亲把她狠狠地打了一顿。然后他不再责备她。相反,他恳求她不要伤害他,不要在她的婚姻这事儿上让他感到羞辱。他说,他会给她一串项链或者一件好的衬裙;他的眼睛里噙满泪水。她如何能够不顺从他呢?她如何忍心让他伤心?而驱使她狠心违逆父亲的,不过是她与生俱来的才华而已。于是,她把自己的随身物品收拾好,装在一个小小的行囊里,在一个夏日的夜晚顺着一条绳索溜下来,走上了去往伦敦的路。此时,她还未满十七岁。树篱中鸟儿的歌唱也并不比她的歌唱更动听。她对语言的韵律有着最丰富的想象力,就像她哥哥所具有的才能一样。像他一样,她也喜欢戏剧。她站在剧院后门;她想演戏,她说。男人们当面取笑她。剧院经理——一个肥胖的、信口开河的男人——大笑不止。他大声吼叫着什么卷毛狗跳舞和女人演戏——没有女人,他说,能成为一名演员。他给出了暗示——你能想象那是什么。她无法获得技艺上的训练。她能在酒馆里吃晚餐,或者半夜里在街上闲逛吗?然而她的才华在于虚构想象方面,而且渴望从有关男人和女人生活的大量信息,以及研究他们的特征中获取丰富的素材。最后——因为她非常年轻,脸上的特征与诗人莎士比亚有着奇特的相似之处,跟他一样都有着灰色眼睛和圆圆的额头——最

后，还是尼克·格林[1]这位演员经理对她动了怜悯之心，然而却又让她出乎意料地怀上了这位绅士的孩子等等——当诗人心中的炽热情感和狂热被围困、纠缠于一个女人的身体之中时，又有谁会去衡量它们呢？——于是，在一个冬天的夜里，她自杀了，被埋在某个十字街头，如今这里就是“大象和城堡”[2]外面公共汽车停靠的那个车站。

我想，假若一个女人在莎士比亚的时代拥有了莎士比亚的天赋，她的人生故事大抵就是如此。就我而言，我赞同已故主教的说法，如果他的确这样说过的话——任何一个在莎士比亚时代的女性能拥有莎士比亚的才华，都是难以想象的。原因是，像莎士比亚那样的才华，不会产生于劳作的、未受教育的、卑贱的人们之中，不会产生于英格兰的撒克逊人和不列颠人之中，也不会产生于当今的工人阶级之中。那么，它又如何能够产生于女性之中呢？据特里维廉教授所说，她们的劳作几乎是在她们走出育儿室之前就已经开始了，她们的父母迫使她们接受它，而所有的法律和习俗的权力则让她们不得脱身。然而女性之中一定存在着某种天才，就像工人阶级之中必定存在着某种天才一样。时不时地，某个艾米莉·勃朗特或某个罗伯特·彭斯[3]就会迸发出光芒，并证明了这种天才的存在。但无疑它从未留下记载。

---

① 尼克·格林（Nick Greene）是伍尔夫虚构的一个人物，他曾在伍尔夫此前出版的小说《奥兰多》（1928）中出现过，是一个虚构的诗人和评论家。

② “大象和城堡”是英国一家历史悠久酒馆，位于伦敦泰晤士河南岸，这一区域的名字也由此酒馆而来。18世纪泰晤士河上修建新的桥梁，这一区域也变成了时髦的郊区，而到了维多利亚时代，工业和交通的发展带来了人口的增长，到了19世纪末，这个“大象和城堡”区域居住着各种人群，商业也开始真正繁荣起来，赢得了“南皮卡迪利”的美名。

③ 罗伯特·彭斯（Robert Burns，1759—1796）：苏格兰诗人，被公认为苏格兰的民族诗人。

然而，当人们读到某个巫婆突然被推入水中，某个女性被恶魔附身，某个精明的女人出售香草，甚至是某个十分卓越的男人有一个母亲，沿着这些线索追踪下去，那么我想我们就能找到一位被埋没的小说家，一位才能被压抑的诗人，某个缄口的、从没有名声的[①]简·奥斯丁，或某个被天赋折磨得痛苦不堪的艾米莉·勃朗特，要么在旷野中游荡来挥霍自己的才智，要么在道路旁做出各种怪相。[②]事实上，我斗胆猜测一下，写了那么多首诗而没有署名的无名氏，常常是一个女人。大概是爱德华·菲茨杰拉德[③]提出，正是女性创造了民谣和民歌，哼唱给她的孩子们听，借着它们消磨纺线的时光，或度过漫长的冬日夜晚。

这或许是真，也或许是假——谁能说得准呢？——但在我看来，回顾一下我虚构的莎士比亚的妹妹的故事，其中所包含的真相是，在16世纪，任何一位天生具有非凡才能的女性，都一定会变疯、自杀，或者在某个乡村外面的村舍中离群索居，孤独终老，半巫婆、半巫师，令人害怕且又遭人耻笑。不需要什么心理学技巧就可以断定，一个才华横溢的女孩在试图把才华运用于诗歌创作时，必定会遭受其他人施加的巨大阻挠和妨碍，还要遭受自己对

---

① “某个缄口的、从没有名声的”原文为some mute and inglorious，伍尔夫在此引用了托马斯·格雷的《墓园挽歌》，“也许有缄口的弥尔顿，从没有名声”，参见卞之琳的译本。

② 伍尔夫在此处借用了莎士比亚的《暴风雨》中的语言，语出第四幕第一场：

你来去还不曾出口，
你呼吸还留着没透，
我们早脚尖儿飞快，
扮鬼脸大伙都在，
主人，你爱我不爱？（朱生豪译）

③ 爱德华·菲茨杰拉德（Edward Fitzgerald，1809—1883）：维多利亚时期的文人，把11世纪著名波斯诗人奥玛·海亚姆的《鲁拜集》译成了英文。

抗本能所带来的巨大折磨和撕裂，因而她必定会失去健康和理智。没有任何一个姑娘能够不受任何伤害，不忍受任何痛苦——虽然这痛苦或许是毫无道理的——就能走到伦敦，站在剧院后门，闯到演员经理的面前。因为贞洁或许是某些社会出于不知名的原因所发明的一种迷恋，但尽管如此，它仍旧是不可避免的。当时（甚至到了现在依旧如此），贞洁在女性的生活中具有一种宗教重要性，它用紧张的神经和本能把自己紧紧包裹起来，以至于要把它切开并释放出来，将其公之于众，都需要最为罕见的勇气。对作为诗人和剧作家的女性而言，在16世纪的伦敦过着自由的生活，意味着要承受精神压力，并且身处进退两难的困境，这些很有可能也会要了她的命。更何况，即便是她侥幸活了下来，她所写的任何作品也都会显得扭曲、畸形，因为这种写作源自一种紧张不安的、病态的想象。而且毫无疑问的是，她的作品都会是未署名的，我看着上面没有摆放一本女性创作的剧本的书架，心想。匿名的庇护，她是一定会寻求的。正是这种贞洁观念的遗留影响要求女性保持匿名，即便是到了19世纪依然如此。柯勒·贝尔、乔治·艾略特、乔治·桑①，所有这些内心斗争的受害者，正如她们的作品所揭示的那样，都试图通过使用男性的名字来掩盖自己的身份，虽然都是徒劳。由此可见，她们是在致敬传统，而这个传统即便不是由另一个性别直接植入的，也是在他们的大力鼓励下建立起来的（不要谈论女人取得的荣誉，伯

---

① 柯勒·贝尔（Currer Bell）是夏洛蒂·勃朗特出版早期作品时所使用的笔名；乔治·艾略特是玛丽·安·埃文斯（Mary Ann Evans）出版作品时使用的笔名，而乔治·桑（George Sand）则是阿曼丁·杜潘（Amandine Dupin，1804—1876）出版作品时使用的笔名。

里克利[①]说，他本人倒是时常被谈论)，女人获得大众关注是件令人讨厌的事情。她们血液里流淌的是匿名性。她们依旧强烈渴望被隐藏起来。现在她们甚至都不像男人那样关心自己的名声到底如何，而且总体来说，她们在经过墓碑或路标时，也不会产生一种无法抵制的欲望，想要把自己的名字刻在上面，就像阿尔夫、伯特或查斯之流，在本能的驱使下一定要做的那样，如果这种本能看到一个漂亮的女人经过，甚或是一只狗经过时，它都会喃喃自语，这只狗是我的[②]。当然，它可能看到的不是一只狗，我思考着，想到了国会广场、凯旋大道[③]和其他各种大道；它看到的可能是一块土地或者一个长着黑色鬈发的男人。作为女人最大的好处之一，就是你甚至可以经过一个十分漂亮的女黑人[④]，但却不想着要把她变成一个英国女人。

那么，那个诞生于16世纪、天生具有诗歌天赋的女人，是个不快乐的女人，是一个跟自己斗争的女人。她生活的所有状况，她自身的所有本能，都与她的心理状态为敌，而心理状态则是释放头脑中所有思想的必要前提。然而，什么样的心理状态才能最有利于创作这一行为呢？我追问。人们是否可以了解这种能够推进并使独特的创作行为成为可能的状态呢？想到

---

① 伯里克利(Pericles，前495—前429)：雅典政治家，他所进行的一系列改革使雅典民主政治发展到全盛时期，确立了雅典作为希腊政治、文化中心的地位。他的主要贡献还包括建造雅典卫城。

② 原文为法语Ce chien est à moi，这句话出自帕斯卡的《思想录》，他不仅是法国数学家、物理学家，还是哲学家和散文家。

③ 国会广场，位于伦敦威斯敏斯特宫西北端；凯旋大道，位于柏林。

④ 这是本书中最具有争议的一个地方。伍尔夫对女黑人(negress)的提及揭示了当时黑人女性在英国社会所处的边缘化的、异域化的地位，黑人身份还需要很多年才最终被认可。然而另外一个较为积极的意义是，伍尔夫在这里提及女黑人的目的，是为了证明虽然存在文化和“种族”差异，但却并不主张民族主义者们利用这些差异来为自己的政治理念服务，这一点伍尔夫在《三个基尼》中会有更进一步的论述。

这里，我打开了一本莎士比亚悲剧集。举例来说，当莎士比亚在创作《李尔王》和《安东尼与克莉奥佩特拉》时，他的心理状态是怎样的？它必定是所有状态中，最有利于诗歌创作的那种心理状态。不过，莎士比亚本人对此只字未提。我们只是偶然地、碰巧地了解到，他“一气呵成”。事实上，大概在19世纪之前，艺术家本人对自己的心理状态的确从未有任何提及。在这方面，或许是卢梭首开先河。不论如何，到了19世纪，自我意识极大发展，以至于用写忏悔录和自传来描述自己的思想，已经成了文学家们的习惯。他们的生活也被写成书，他们的信件也在死后出版。因此，虽然我们不知道莎士比亚在写《李尔王》时经历了什么，但我们清楚地知道卡莱尔在写《法国大革命》时经历了什么，知道福楼拜在写《包法利夫人》时经历了什么，也知道当济慈对抗着即将到来的死亡和世人的冷漠、奋力创作诗歌时经历了什么。

从由忏悔录和自我剖析构成的庞大的现代文学体系中，我们得出的结论是，创作一部天才之作，几乎总是极其困难的壮举。所有一切可能都在阻碍作者将头脑中的作品完完整整地呈现出来。总的来说，这个过程会受到物质环境的阻挠。狗会叫，人会来打扰，必须要挣钱，健康会出毛病。况且，显而易见的世人的冷漠，更进一步加剧了这些困难，令它们越难以忍受。这个世界不要求人们写诗、写小说、写历史；它不需要这些。它不关心福楼拜是否找到了正确的词，或卡莱尔是否小心翼翼地核实这个或那个事实。它自然也不会为了自己不想要的东西买单。因而，作家们，如济慈、福楼拜、卡莱尔，会遭受各种各样的干扰和挫败，尤其是在创造力旺盛的青年时期。从那些自我分析和忏悔的书中，爆发出一声诅咒，一种极度痛苦的呐喊。“强大的诗人死于痛苦”[①]——这是他们歌唱的主题。如果有什么创作能够安然度过这一切,那就是一个奇迹,而且很有可能没有任何一本书能够完全依照当初的设想,完整地、毫无瑕疵地出版。

我看着空空如也的书架,心想,对女性来说,这些困难远比男性遇到的更加令人生畏。首先,要拥有一间自己的房间,更别提是安静的房间或隔音的房间,都是不可能的,除非她的父母格外富有或十分高贵,即便到了19世纪初也依然如此。既然她的零用钱取决于她父亲的仁慈,而且只够她置办衣物,她就无法得到即便是贫穷如济慈或丁尼生或卡莱尔等,都可得到的那些缓解困境的方式:一场徒步旅行,一次到法国的短途旅行,单独的寓所,哪怕是这种房间的条件极为糟糕,但也足以庇护他们,把她从家庭的无限索取和极端掌控下解放出来。物质上的困境令人生畏;但更糟糕的是非物质上的困境。济慈、福楼拜和其他有才华之人,都会发现世人的冷漠令人难以忍受,而到了女性这里,世人已经不只是冷漠,而是充满了敌意。世界对他们说:如果你选择写作,那就写吧;这对我没有任何影响。但对她,世界不会这样说,只会嘲笑着说:写作?你的写作能有什么用?我再一次看向书架上的片片空白,想到纽纳姆学院和格顿学院的心理学家们,或许可以为我们提供一些帮助。的确是时候衡量挫折对艺术家思想所产生的影响了,就像我看过的一个乳制品公司衡量普通牛奶和优质牛奶对老鼠的身体所产生的影响一样。他们把两只老鼠分别放进并排放着的两个笼子里,其中一只

---

① 本句出自英国浪漫主义诗人威廉·华兹华斯(William Wordsworth,1770—1850)的诗歌《决心与独立》。

显得鬼鬼祟祟，胆怯又弱小，而另一只的毛则散发着光泽，大胆又壮硕。那么，我们以什么来喂食作为艺术家的女性？我问道，可能是记起了有梅子干和蛋奶沙司的晚餐。为了回答这个问题，我只需要打开晚报，读读伯肯赫德勋爵[①]的看法——但实际上我不准备费劲地把伯肯赫德勋爵有关女性写作的观点抄在这里。英格教长[②]说了什么我也不想追究。哈利街[③]的专家尽可以大声嚷嚷，来唤起哈利街的回声，而我却丝毫不为所动。不过，我要援引一下奥斯卡·勃朗宁先生，因为他曾是剑桥显赫一时的人物，而且曾负责考核格顿学院和纽纳姆学院的学生。奥斯卡·勃朗宁先生时常宣布，“在浏览完所有试卷后，他的印象是，不管他可能给了多少分，智力上最好的女人，都比智力上最差的男人还要差”。说完，勃朗宁先生回到了自己的屋子——而正是后面他做出的这个评论让他招人喜欢，而且让他成了一个有分量、有威严的人——他回到了自己的屋子，并且发现一个小马倌躺在沙发上——“他骨瘦如柴、双颊深陷、脸色蜡黄，他的牙齿发黑，而且似乎也无法自如地运用自己的四肢……‘那是亚瑟，’(勃朗宁先生说，)‘他真的是个乖孩子，品格极为高尚。’”[④]在我看来，这两幅画面一直是相辅相成的。而幸运的是，在这个传记时代，这两幅画面的确时常互为补充，这样我们就不仅能够通过所言，也能通过所为，来解读伟人的观点。

---

① 伯肯赫德勋爵(Lord Birkenhead，1872—1930)：时任英国大法官。

② 英格教长(Dean Inge，1860—1954)：伦敦圣保罗大教堂的教长。

③ 哈利街(Harley Street)：位于伦敦市中心最集中的医疗街，汇聚了英国高质量的私人诊所和诊疗室。伦敦医学协会和皇家医学协会也都位于这条街上。

④ 奥斯卡·勃朗宁曾是剑桥大学国王学院的研究员；这里对“道德高尚的”亚瑟的提及暗示了厌女症和同性恋之间的关联，这在伍尔夫看来多少有些仇视同性恋的倾向。

虽然这在现在也可能发生，但这样的观点从重要人物口中说出来，即便是在五十年前，也必定会是令人生畏的。让我们假设一下，一位父亲出于最高尚的目的不希望他的女儿离开家，成为作家、画家或学者。"听听奥斯卡·勃朗宁先生说了什么，"他会说，而且不仅有奥斯卡·勃朗宁先生，还有《星期六评论》，还有格雷格先生——"女人存在的本质，"格雷格先生强调说，"就在于她们依赖男人来养活，而她们则要侍候男人。"[①]——有一个庞大的男性观点体系存在着，大意都是不要对女人在智力上有任何期待。即便是她的父亲没有大声读出这些观点，任何一个女孩都可以自己读到；即便是在19世纪读到了这些观点，也必定削弱了她的热情和活力，深刻地影响了她的写作。总有人武断地告诉你——你不能做这个，你没有能力做那个——而你需要一直同这样的断言进行抗争，需要去克服它。对一个小说家来说，这种病菌很有可能已经不再产生很大的影响；因为已经出现了一些值得称道的女小说家。但是对画家来说，它仍然具有几分伤害性；而对音乐家来说，我想象，它现在仍旧十分活跃而且极端具有毒害性。女作曲家现在所处的位置，就是莎士比亚时代女演员所处的位置。尼克·格林——我思考着，想起了我之前所虚构的莎士比亚的妹妹的故事——曾说，一个演戏的女人让他联想起一只跳舞的狗。两百多年后，约翰逊动用了同样的语言来嘲讽讲道的女性。这儿，我打开一本有关音乐的书，说道，在现在，在公元1928年，我们发现有人再一次原封不动地使用这些字眼，去描述那些试

① 伍尔夫是在姑母芭芭拉·斯蒂芬的著作《艾米莉·戴维斯与格顿学院》里读到的这个评论。她曾为这本书写过评论，后收录于《伍尔夫文集》。

图谱曲的女性。“关于热尔梅娜·塔耶夫尔[①]，我们唯一能做的就是重复约翰逊博士有关女牧师的名言，把它转变成音乐术语。‘先生，女人谱曲就像是一只狗用两条后腿走路。这样走路自然是走不好，但你会惊讶地发现，它竟然可以这样走。’”[②]的确，历史就是以这样精确的方式重复自身。

因而，我合上了奥斯卡·勃朗宁的生活，把其他书也推到一边，并得出一个结论：即便是到了19世纪，人们也仍然不会鼓励女人去成为艺术家，这一点显而易见。恰恰相反，她会被抵制，被攻击，被教训，被告诫。由于需要对抗这个、反对那个，她的精神一定是处于紧张状态，而她的活力也因此被削弱。因为这里，我们再次绕回到了那个十分有趣且十分令人费解的男性情结问题上，它对妇女运动已经产生了极为强烈的影响；那种根深蒂固的欲望——与其说她应该是低等的，不如说他应该是优越的——正是这种欲望让他无处不在，不仅把他放置于艺术前面，而且也让他封堵住了通往政治之路，即便是他自身承受的风险其实微不足道，而哀求者又显得卑微且忠诚之时，他也不会放行。即使是贝斯伯勒夫人[③]，我记得，尽管她满怀政治热情，都必须谦卑地俯首写信给格兰维尔·莱文森-高尔[④]勋爵：“……尽管我在政治中行为激进、言辞激烈，而且也发表了不少意见，动用了暴力，但我完

① 热尔梅娜·塔耶夫尔（Germaine Tailleferre，1892—1983）：法国女作曲家，是当时十分活跃的法国“六人团”（The Six）的成员之一，也是唯一一位女成员。

② 西塞尔·格雷：《当代音乐概览》，第246页。——原注

③ 贝斯伯勒夫人（Lady Bessborough，1761—1821）：出身贵族，对政治有强烈的兴趣，曾和姐姐一起不顾传统的约束，为国会议员候选人拉票。她与丈夫关系不睦，一生有多次外遇，下面提到的高尔就是其中之一。

④ 格兰维尔·莱文森-高尔（Granville Leveson-Gower，1773—1846）：英国辉格党政治家和外交官。

全赞同您所说的，没有任何一个女人有权干涉政治或其他一切严肃的事务，最多给出她自己的观点（如果有人问她的话）。”因此，她继续把自己的热情挥洒在那个不会遭遇任何阻碍的事情上，挥洒在那个极为重要的主题，即格兰维尔勋爵将在众议院发表的首次演说上。我想，这实在是一种奇特的状况。男人反对女人解放的历史，或许比解放本身更有趣。假如格顿学院或纽纳姆学院的某个年轻学生愿意搜集例子，并且从中推导出一套理论，就能写出一本有趣的书来——但她需要戴上厚厚的手套，还要有栅栏来保护身穿坚固盔甲的她[①]。

我合上关于贝斯伯勒夫人的书，又想到，现在看来引人发笑的事情，当初必定曾被以极端严肃的态度对待。人们剪贴在一本书里的各种观点，现在这本书被贴上了“公鸡胡乱叫”[②]这样的标签，而且保留着只是为了在夏日夜晚读给少数几个人听，但我可以肯定地告诉你们，它曾经惹出过不少眼泪。在你们的曾祖母和曾曾祖母中，有很多人都曾痛哭流涕过。弗洛伦斯·南丁格尔曾痛苦地大声尖叫。[③]此外，你们说天才都应该对这些观点置之不理；天才就不应该关心人们说了什么关于天才的观点，这样说对你们而言没有什么问题，你们进入了大学，享有一间自己的起居室——或者是否

① 这句话具有双重的意义，厚厚的手套一是为了御寒，同时也意味着此书一出，作者会遭遇到社会压力，这时手套就意味着进行战斗的拳击手套；而bars除了栅栏之外，还有监狱的意思，这里伍尔夫是强调女性或许要奋力搏斗，甚至不惜冒着牢狱之灾来保护自己。

② 原文为Cock-a-doodle-dum，伍尔夫可能改自一首儿歌“Cock-a-doodle-doo”，是模拟公鸡的叫声，尤其用于儿童故事中。伍尔夫把doo改成了dum，“dum-dum”在英国俚语里有“笨蛋”的意思，此外，cock一词在俚语中指代男性生殖器官，而doodle有乱涂乱画之意，因此，显然伍尔夫意在讽刺收集在剪贴薄上的那些男性对作品的批评都是胡说八道，是毫无根据的指责。

③ 参见弗洛伦斯·南丁格尔《卡珊德拉》，收录于R.斯特雷奇的《事业》。——原注

只是一间卧室兼起居室？不幸的是，对关于天才的说法最在意的人，恰恰是具有天赋的男性和女性。想想济慈。想想他让人在他的墓碑上刻下的文字。想想丁尼生。想想……但我几乎不需要再举更多例子，来证明这个虽说是十分不幸，但又无法否认的事实，即艺术家天生就会过分介意人们说了他什么。文学中布满了那些因太过分介意其他人的观点而到了不可理喻的地步的男人的尸骸。

再回到我最初对什么样的思想状态最有利于创作作品这一问题的探究，我以为，他们的敏感性实际上具有双重的不幸，原因是为了能够圆满地完成把头脑中构想的作品释放出来这一艰巨任务，艺术家的思想必须要充满激情，就像莎士比亚的思想一样，我看着那本打开的书《安东尼与克莉奥佩特拉》，这样揣测。思想里必须没有障碍，也没有还未被消化的陌生事物。

因为，虽然我们说，我们对莎士比亚的思想状态一无所知，然而即便是我们在这样说的时候，我们其实还是说出了某种莎士比亚的思想状态。相较于多恩或本·琼森[①]或弥尔顿而言，我们之所以对莎士比亚知之甚少，或许是因为他的怨恨、恶意和厌恶我们都不得而知。我们并不会因为某种与作者相关联的“真相的披露”而停滞不前。所有抗议、说教、申冤、复仇、让世界见证某种艰难困苦或冤屈不平之事的欲望，都从他思想中喷涌而出，并且被燃尽。因此，诗歌才能从他的思想中自由地、顺畅地流出。假如曾经有

① 多恩，即约翰·多恩（John Donne，1572—1631），英国17世纪玄学派诗歌的主要代表；本·琼森（Ben Jonson，1572—1637）：英国剧作家、诗人、文学评论家。

一个人能让自己的作品圆满呈现出来，这个人就是莎士比亚。如果曾有一个思想是充满激情的、冲破所有障碍的——我的目光再一次转向书架——我想，那它就是莎士比亚的思想。

第四章

在16世纪找到一位具有那种思想状态的女性，显然是不可能的。只消想一想伊丽莎白时期的墓碑，墓碑上那些孩子双手合十跪地；想想她们的早早夭亡；只要看一下她们的住宅和她们那阴暗的、狭小的房间，就不难明白那时的女性为什么无法写诗。我们可以期待发现的是，在相对较晚的时期，某位伟大的女士会利用自己相对的自由和舒适条件，出版了与她的名字相关联的某种作品，而且是冒着被当作怪物的风险。男人当然不是势利眼，我继续思考着，小心翼翼地避开丽贝卡·韦斯特小姐的"坏透了的女权主义者"；但他们多半是带着同情来欣赏一位写诗的女伯爵。你会发现一位有头衔的女士受到的鼓励，比那时一个无名的奥斯丁小姐或勃朗特小姐可能会受到的鼓励要多得多。但你也会发现她的思想会受一些不相容情绪的干扰，诸如恐惧、憎恶，而且她的诗歌也显示了她所受到的那些干扰的蛛丝马迹。就拿温切尔西夫人来说吧——我这样想着，把她的诗歌从书架上拿下来。她出生于1661年；出身高贵，婚姻也是门当户对；她没有孩子；她写诗歌，而你只要打开诗集就可以发现，她时不时地迸发出对女性所处地位的愤怒：

我们何其堕落！因那陋习陈规，
因那教育缺失，而不是本性蠢钝；
我们被阻止，头脑无法进步，
平淡，无奇，循规蹈矩；

若有一人才华卓然于众，
想象炽热，满怀抱负，
则反对势力显得更强劲，
渴望不凡，怎奈恐惧更深。

显然，她的头脑绝没有“消除所有障碍，变得明亮耀眼”。恰恰相反，她的头脑被折磨，而且因为充满憎恶和怨恨而无法聚焦。她把人类分成了两个阵营。男人是“反对势力”；她憎恨男人，害怕男人，因为他们拥有阻碍她做自己想要做之事——写作——的道路。

哀哉！一个试图拿起笔的女人，
如此自负之人，世间罕有，
她所犯之错难以救赎。
他们说，我们要弄清男女之别，守着本分；
教养、时尚、舞蹈、装扮、玩乐，
凡此种种皆是我们女人该期冀的成就；
写作，阅读，思考，探索，

会遮蔽我们的美貌，耗尽我们的时间，
妨碍我们在最好的年华里俘获爱情。
有人坚信，奴隶般地操持着无聊的家事
才是我们最高的技艺，最大用武之地。

事实上，她须得假定她的作品永远不会被出版，才能激励自己进行创作；她用悲伤的吟唱来抚慰自己：

唱与寥寥数友，唱出你的哀伤，
你从未妄想出人头地；
甘心待在阴影里吧，不论那里多么黑暗。

但显而易见的是，如果她的心灵能从厌恶和恐惧中解脱出来，而不是被悲伤和愤懑充塞，她的心就是炽热的。她的语言中时不时散发出纯粹的诗意：

在褪色的丝帛上如何能织出
绚烂独特的玫瑰花团。

——这两句诗得到了默里先生[①]的表扬，可谓实至名归，而据说蒲柏对另外

① 默里先生（John Middleton Murry，1889—1957）：英国作家、评论家，也是英国短篇小说家凯瑟琳·曼斯菲尔德（Katherine Mansfield）的丈夫。

一些诗句则铭记于心，并且在创作中挪用了它们：

> 黄水仙战胜了虚弱的大脑；
> 我们昏倒在痛苦的芳香中。[①]

可以写出这样诗句的女性，她的心灵专注于自然与沉思，竟然会被逼迫着抒写愤懑和怨怼，实在是令人感到万分遗憾。然而她又如何能够控制住自己呢？我问道，想象着那些讥讽与嘲笑，谄媚者的吹捧，职业诗人抱持的怀疑态度，等等。她一定是把自己关在乡下的一个房间里写作，她一定饱受痛苦，或许还有道德顾忌的折磨，虽然她的丈夫关怀备至，他们的婚姻生活也近乎完美。我说"她一定"，是因为当我们试图查找有关温切尔西夫人的事实时，我们照例发现，人们对她几乎一无所知。她饱受忧郁之折磨，我们至少可以部分地解释这种忧郁，因为我们发现她在诗中告诉我们，在被忧伤完全掌控时，她会想象：

---

① 温切尔西夫人（Lady Winchilsea，1661—1720）：本名安·金斯密尔（Anne Kingsmill），后成为温切尔西伯爵夫人，早年在英国詹姆士二世的宫廷中担任王后的女侍从，在这期间认识了在军队和议会都有职位的丈夫赫尼奇·芬奇（Heneage Finch），两人伉俪情深，一辈子没有孩子。赫尼奇也很支持妻子写作。1688年，英国发生"光荣革命"，英国资产阶级和新贵族推翻信奉天主教的詹姆斯二世的统治，迎回了信奉新教的詹姆士二世的女儿玛丽和她的丈夫威廉共同执政，次年英国确立了君主立宪制。这一政变后，芬奇夫妇在宫中失势，并拒绝效忠玛丽和威廉，被迫离开伦敦，在乡间隐居了二十年，1708年才重回伦敦。1928年，她的诗歌重新结集出版，由当时著名的评论家约翰·默里为其撰写引言。本文中，前三段引言出自她的诗歌引言，接下来的四段引言则出自另一首诗《脾脏》。她的诗歌对蒲柏和雪莱都曾产生过影响，蒲柏在《人论》中写有"像玫瑰一样在痛苦的芳香中死去"，这句诗就呼应了温切尔西夫人的诗句"我们昏倒在痛苦的芳香中"。

诗文遭谴责，行事任非议，
徒劳又愚蠢，或自负之过。

我们可以看到，遭人非议的行事，不过是在乡野间漫步，任想象驰骋：

我的手愉快地触摸着新奇之物，
探索未知和非比寻常之路，
在褪色的丝帛上如何能织出，
绚烂独特的玫瑰花团。

自然，如果只是她的习惯、她的快乐，那么等待她的只能是嘲笑；而且，据说蒲柏或者盖伊[①]也正是因为这一点讽刺她“是一个嗜好乱涂乱画的蓝袜子”。我们还听说，她之所以得罪了盖伊是因为取笑了他。她说，他的《琐事》表明“他更加适合抬着轿子，而不是坐在轿子里”。但这些都是“无稽之谈”，而且借用默里先生的话来说，“很无聊”。然而，在这一点上，我不同意他的说法，我反倒是希望，像这样的无稽之谈能多一些就好了，这样我或许就能找出或者拼凑出这位忧郁夫人的某个形象，她喜欢在乡野间漫步，思考新奇的事物，而且对“奴隶般地操持着无聊的家事”表现出不屑，这让她显得极端鲁莽轻率，极端不明智。然而默里先生说，她的作品逐渐变得冗

① 盖伊(John Gay，1685—1732)：英国剧作家、诗人。他在《琐事》中描述了在伦敦街头漫步的情景。

长啰唆。她的才华四处蔓延，长满杂草，荆棘环绕，再无可能展露出先前那样出色卓越的才能。因此，我把她的诗集放回书架上，再转向另一位贵妇，即兰姆爱恋的公爵夫人，鲁莽轻率、耽于幻想的纽卡斯尔的玛格丽特[①]，她比温切尔西夫人年长，但两人也算是同时代的人。虽相去甚远，但两人有一点是相似的——她们都出身贵族，都没有孩子，而且都嫁给了自己的最佳良配。两人心中都燃烧着同样的对诗歌的激情，而且也都被同样的追求折磨得憔悴不堪。打开公爵夫人的诗集，你也会发现同样爆发的愤怒。"女人像蝙蝠或者猫头鹰一样生活，像牲畜一样劳作，又像虫子一样死去……"同样地，玛格丽特也可能会成为一位诗人；在我们的时代，那些活动会推着某个轮子向前进。而在当时，那种狂野的、大量的、未受训练的才智，什么力量才能够对其加以约束、驯服或教化，使其为人所用呢？它奔涌而出，混乱无序，形成一股股韵文和散文、诗歌和哲学的湍流，它们凝结在四开本和对开本中，无人问津。有人应该给她一个显微镜。有人应该教她去观星，并用科学的方式思考。她的智慧是在孤独和自由中发展的。没有人阻止她。没有人教导她。教授们恭维她。宫廷里，他们嘲笑她。埃格顿·布里奇斯爵士[②]抱怨——"一位出身高贵、又在宫廷中长大的女子"竟表现得如此粗鲁不堪。她独自待在维尔贝克，闭门不出。

一想到玛格丽特·卡文迪什，我的脑子里就出现了一幅多么孤单、多么

---

① 纽卡斯尔的玛格丽特（Margaret of Newcastle，1624—1674）：玛格丽特·卡文迪什（Margaret Cavendish），纽卡斯尔公爵夫人。伍尔夫曾经写过关于她的文章，最初收录于文集《普通读者》之中。下文提到的维尔贝克（Welbeck）是她的乡村住宅。

② 埃格顿·布里奇斯爵士（Egerton Brydges，1762—1837）：英国诗人、小说家、传记作家。他曾经为纽卡斯尔公爵夫人所写的《回忆录》撰写过序言。

混乱的画面啊！仿佛是花园里有个巨大的黄瓜伸展开来，覆盖住了所有的玫瑰、康乃馨，令它们窒息而死。一位写出了“最有教养的女性是那些思想最文明的女性”的女性，竟然会把时间浪费在涂写那些不知所云的东西上面，并且愈来愈陷入晦涩和愚蠢之中，以至于后来她出门时，人们都会挤在她的马车旁围观，这是一种多大的浪费啊。很显然，疯癫的公爵夫人把自己变成了怪物，用来吓唬聪明女孩。我想起，这儿有多萝西写给坦普尔的信，里面谈到公爵夫人的新书，于是我放好了公爵夫人的诗集，打开了多萝西·奥斯本[①]的信件。“无疑，这个可怜的女人有点精神错乱了，她竟然想要写书，而且还是用韵文来写，没有什么比这更滑稽可笑的了，就算两个星期不睡觉，我也不会做这种事儿。”

既然头脑理智、端庄谦逊的女性都不会去写书，因此多萝西，这位敏感而又忧郁、在性情上与公爵夫人截然不同的女性，什么也没有写。书信是不算写作的。坐在父亲病榻旁的女性，或许会写信。在男人们谈话时，她也许会坐在壁炉边写信，免得打扰他们。奇怪的是，我一边翻看着多萝西的信件，一边赞叹，那位未受训练、惯于独处的女孩，在遣词造句、营造场景方面居然有这么高的天赋。且听一下她的描述：

“午饭后，我们坐下来聊天，聊到B先生的时候，我走了出去。一天中最热的时间用来读书或干活儿，大约六七点钟的时候，我出门，走到宅子旁边的一块公地，那儿有许多年轻的姑娘，她们照看着牛群、羊群，坐在树荫下唱

---

① 多萝西·奥斯本（Dorothy Osborne，1627—1695）：作家以书信闻名。她写给丈夫威廉·坦普尔爵士的信件，在1928年重新结集出版，伍尔夫曾为此写过书评，参见《伍尔夫文集》。

着歌谣；我朝她们走去，把她们的声音和美貌与我在书中读到过的古时候的一些女牧羊人相比较，觉察到了其中的巨大差异，但相信我，这些姑娘同那时候的一样，都那么天真无邪。我跟她们聊起来，发现她们其实是世界上最快乐的人，只不过她们自己不知道罢了。当我们交谈时，某个姑娘会朝四周张望一下，突然发现牛儿们都跑进玉米地里去了，然后她们就都跑走了，快得好像她们的脚后跟长出了翅膀。我没有那么敏捷，就落在后面，当我看到她们赶着牛群回家时，我就知道我也该回去了。吃过晚饭后，我会走到花园里，有一条小河从花园旁流过，我就在河边坐下，真希望你就在我身边……"

你可以对天发誓，她有成为作家的潜力。但是"就算两个星期不睡觉，我也不会做这种事儿"——当你发现即便是一个有很大机会从事写作的女性，都认定写书是件滑稽可笑的事儿，甚至表明自己已经有点精神错乱了，你就可以判断当时反对女性写作的力量有多么强大。所以，我把多萝西·奥斯本留下的唯一一本薄薄的书信集放回到书架上，又拿起了贝恩夫人①的书。

贝恩夫人的出现，意味着我们的探索之路上出现了一个十分重要的转折点。我们把那些隐世独居的贵妇抛在身后，她们封闭在自己的花园中，躲在对开本书籍中间，她们写的书没有读者，也没有评论，纯粹只是为了自娱自乐而写。我们来到了城里，与街道上的普通人摩肩接踵。贝恩夫人是中

---

① 贝恩夫人，即阿芙拉·贝恩(Alphra Behn，1640—1689)，剧作家、诗人、小说家，英国第一位以写作为生的女性作家。下文提到的两首诗《一千个殉道者》和《爱在狂喜中》是贝恩夫人最脍炙人口的诗歌。

产阶级女性，有着寻常人的幽默、热情和勇气；由于丈夫亡故，她自己又十分不幸地遭遇了生意失败，因而被迫要依靠自己的智慧谋生。她必须跟男人一样，在相同的条件下工作。她十分努力地写作，挣到了足够的钱维持生活。这个事实很重要，远比她实际上写了什么重要得多，即便是把她广受赞誉的《一千个殉道者》或《爱在狂喜中》这两首诗算在内，也都是如此，因为心灵的自由就是从这儿开始的，或者不妨说，终有一日，女性的心灵会得享自由，喜欢写什么就写什么。既然阿芙拉·贝恩已经这样做了，女孩子们就可以去跟她们的父母说，你们不必给我生活费，我可以靠写作挣钱。当然了，在接下来的许多年，她们得到的答案都会是：什么！像阿芙拉·贝恩那样生活！不如死了！话音未落，房门就被重重甩上，比以往任何时候都关得更快。这里浮现出了一个极为有趣的话题需要讨论，即男人对女人贞洁的重视，以及这种观念对女性教育所产生的影响。如果格顿学院或纽纳姆学院的某个学生有兴趣去深入研究的话，或许还能写出一本有趣的书。这本书的卷首插图可以用这样的一幅画：满身珠光宝气的达德利夫人坐在苏格兰荒野中，被蚊子包围着。不久前，达德利夫人过世的时候，《泰晤士报》报道说，达德利爵士“趣味高雅，多才多艺，他仁慈、慷慨，但又古怪、专横。他坚持要他的妻子盛装打扮，甚至在偏远的苏格兰高地的狩猎小屋中亦是如此；他让她戴满了各种华丽的珠宝”，等等，“他给了她一切——却从不让她承担任何一点责任”。后来，达德利爵士患了中风，自此她一直在照顾他，并且以无与伦比的才能治理着庄园。在19世纪，这种古怪的专制主义依然存在。

不过，还是让我们回到正题。阿芙拉·贝恩证明了，牺牲一些讨人喜欢的品行，就可以靠写作来挣钱；这样一来，渐渐地，写作便不再是愚蠢和精神错乱的标志，而是具有了实际的重要价值。丈夫或许会死，家庭或许也会遭遇横祸。随着18世纪的推进，成百上千的女性为了多挣点零花钱，或者救家庭于危难之际，都开始做翻译，也写出了不计其数的蹩脚小说，而现在那些小说甚至在教科书中都不再被提及，只能在查令十字街[①]"四便士一本"的纸盒子里找到了。在18世纪后期，女性思想表现得极度活跃——聊天，聚会、撰写关于莎士比亚的文章、翻译经典作品等等——这些都是建立在一个牢靠的事实之上，即女性可以靠写作挣钱。

钱使没有酬劳便会显得轻浮的事情变得有尊严。或许"嗜好乱涂乱画的蓝袜子"[②]依旧会被嘲笑，但不可否认的是，她们有能力挣钱，把它放到自己的钱袋里。因此，18世纪末发生了一个重要转向，若是我重写历史的话，我会花费更多笔墨来充分描写这次转向，我也会认为这一转向比十字军东征或玫瑰战争意义更大。

这个转向就是，中产阶级女性开始写作。如果《傲慢与偏见》很重要，《米德尔马契》、《维莱特》[③]和《呼啸山庄》很重要，那么女性普遍地喜欢写作，而不仅仅是那些幽居于乡间住宅、被一部部巨著和一群阿谀奉承者所包围的孤独贵妇喜欢写作，这一点就更为重要，而要我在一个小时的谈话

---

① 位于伦敦，是一家著名的二手书店。

② 这句话出自一出讽刺剧《婚后三小时》，该剧是由蒲柏、盖伊和另一位作家合作完成的，"嗜好乱涂乱画的蓝袜子"是他们对剧中的女主人公的讽刺。但该剧并不成功，只演了七场。实际上，在18世纪后期之前，"蓝袜子"并不是特指女性，而是学识渊博之人的统称，只是后来逐渐特指女性，并产生一种负面意义。18世纪50年代，"蓝袜子"指举办傍晚聚会的一群女性，下文提到的伊莉莎·卡特就是其中之一。与以纸牌游戏、晚礼服为特点的普通聚会不同，她们邀请知名的男性文人来参加聚会，并参与她们的讨论。

③ 《维莱特》是夏洛蒂·勃朗特半自传体的小说，出版于1853年。

中证明这一点是远远不够的。如果没有那些先驱者，简·奥斯丁、勃朗特姐妹和乔治·艾略特就都不可能写作，就像如果没有马洛，莎士比亚就不可能写作一样，或者如果没有乔叟，马洛就不可能写作一样，或者如果没有那些无名诗人，乔叟就不可能写作一样，而正是那些无名诗人铺好了道路，并且驯服了语言所具有的天然野蛮性。因为伟大的作品从来都不是孤立地、凭空地产生的；相反，它们是多年共同思考累积的结果，是所有人集体思考的结果，因此在单个声音背后是大众体验。简·奥斯丁应该在范妮·伯尼的坟墓上放上一个花环，而乔治·艾略特应该向伊莉莎·卡特[①]坚定的背影致敬——这位性格坚毅的老妇人，在自己的床头上系了一个铃铛，这样她就能早早醒来学习希腊语。所有的女性都应该一起把鲜花撒在阿芙拉·贝恩的坟墓上，而最惊世骇俗但又十分恰当的是，她的坟墓位于威斯敏斯特教堂，因为是她为女性赢得了表达自己观点的权利。也正是她——尽管名声不好，尽管浪漫轻浮——让我今晚在这里可以有底气地跟你们说：运用你们的才智，一年挣五百英镑。

现在，我们来到了19世纪早期。这里，第一次，我发现有几个书架专门用来摆放女性的作品。然而当我上上下下扫视它们的时候，我不由得发问，为什么除了极个别例外，这些作品都是小说？她们原本的冲动是要写诗歌的啊。毕竟"歌的至高领袖"[②]是一位女诗人。不管是在法国还是英国，

---

① 伊莉莎·卡特，即伊丽莎白·卡特(Elizabeth Carter，1717—1806)：翻译了古罗马哲学家爱比克泰德的作品，并且以书信见长，是约翰逊博士的朋友。

② 语出英国诗人斯温伯恩(Algernon Charles Swinburne，1837—1909)，这里他指的是古希腊第一位女诗人萨福(Sappho)。

女诗人都早于女小说家。此外，看着这四个家喻户晓的名字，我思索着，乔治·艾略特和艾米莉·勃朗特的共同之处是什么？夏洛蒂·勃朗特是不是完全没有理解简·奥斯丁？除了有一个或许有点关联的事实，即她们中没有一个人曾生儿育女之外，若在一个房间里相见，你不会发现比她们差异更大的四个人了，这倒是让人不禁想要安排一次会面，让她们进行对话。然而出于某种特殊的力量，当她们写作时，她们都被迫写起了小说。这是否与她们出身于中产阶级有关，我问；是否与一个事实，也就是稍后的艾米莉·戴维斯会阐明的在19世纪早期的中产阶级家庭中，只有一个客厅这个事实有关？如果一位女性要写作，她就不得不在共用的客厅里写。南丁格尔小姐如此激烈地抱怨——“女人从来没有半个小时……可称为她们自己的时间”——她总是被打断。因此，在客厅里写散文和小说比写诗歌或戏剧要容易一些。前者对专注力的要求没那么严格。简·奥斯丁就是这样写作的，一直到她生命的终点。“她是如何能做到这一切的，”她的外甥在回忆录里这样写道，“真是令人惊讶，因为没有单独的书房可供她使用，所以她的大部分作品都必定是在共用的客厅里完成的，随时会受到各种各样的干扰。她小心翼翼，以免她的写作被仆人或来访的客人或家庭成员以外的任何人撞见。”[①] 简·奥斯丁把她的手稿藏起来，或把一张吸墨纸盖在上面。此外，19世纪早期一位女性所接受的所有文学培训，都体现于观察人物和分析情感方面。她的感受力已经被共用客厅的影响训练了几个世纪。她能充分意

① 《简·奥斯丁回忆录》，由她的外甥詹姆斯·爱德华·奥斯丁-利（James Edward Austen-Leigh）所著。——原注

识到人的情感，人际关系一直在她面前上演。因此，当中产阶级女性开始写作，她自然而然地就会写小说，即使这里提及的四位著名的女性中有两位显然并不具有小说家气质。艾米莉·勃朗特应该写诗剧；当创作冲动被用于撰写历史或传记时，乔治·艾略特的深邃思想的流动，才能得以施展开来。然而她们写的都是小说；不仅如此，她们还写出了好的小说，想到这儿，我把《傲慢与偏见》从书架上拿下来。我们可以毫不吹嘘，同时也不至于让异性感到厌烦地说，《傲慢与偏见》是一部好的作品。不管怎样，如果我们在阅读《傲慢与偏见》时刚好被人瞧见，也丝毫不会感到羞耻。然而简·奥斯丁会很庆幸能听到门的铰链嘎吱一声响，这样她就可以在旁人进来之前把手稿藏好。对简·奥斯丁来说，写《傲慢与偏见》不是那么光彩的一件事。而且，我忍不住想，如果当时简·奥斯丁并不认为有必要把手稿藏起来，以免来访的客人看到，那么《傲慢与偏见》会不会是一部更好的小说？我读了一两页，想要弄明白；但我找不到任何迹象表明，环境对她的作品造成了一丝一毫的伤害。这或许就是奇迹之所在。这儿，在大约1800年，有一位女性在写作，没有憎恶，没有痛苦，没有恐惧，没有抗议，没有说教。莎士比亚就是以这种方式写作，我看着《安东尼与克莉奥佩特拉》，心想。而当人们把莎士比亚与简·奥斯丁相比较时，他们可能指的是，这两位作家都摧毁了所有的思想障碍；而正因如此，我们不了解简·奥斯丁，我们不了解莎士比亚，正因如此，简·奥斯丁渗透于她所写的每一个字之中，莎士比亚亦是如此。如果说环境对简·奥斯丁造成了什么伤害的话，那就是强加于她身上的狭隘的生活方式。那时，女人不能一个人独自出门。她从来没有旅行过，她从来没有坐上公共汽车穿越整个伦敦，或者一个人在商店里独自享用午餐。然而，或许从不渴求自己无法拥有的东西，恰恰是简·奥斯丁的天性所在。她的才能和她的环境彼此完全契合。但我怀疑夏洛蒂·勃朗特的情况是否如此，我打开了《简·爱》，并把它放到《傲慢与偏见》旁边。

我打开的是第十二章，目光被这样的一行文字吸引了——“只要他们乐意，谁都可以指责我”。他们指责夏洛蒂·勃朗特什么呢？我很想知道。我读到费尔法克斯太太在做果冻时，简·爱常常会爬到屋顶上，远眺周围的田野。然后她渴望——他们指责她的原因就在于此——“然后我渴望能获得更宽阔的视野，能突破远处的界限；能抵达繁华世界、城镇，充满生机的地方，这些我以前都曾听过，但从未亲眼见到过；我还渴望获得比现在更多的实际经验；与意趣相投的同类有更多的交谈，在我现在的生活范围之外结识更多不同类型的人。我珍视费尔法克斯太太的善良，也珍视阿黛勒的善良；但我相信还有其他更加鲜明、更加多样的美德存在，而但凡我所相信的东西，我都希望能亲眼见到。

“谁在指责我？很多人，毫无疑问，他们会说我贪心不足。我也毫无办法：我的本性中就有一种不安分的东西；有时，它甚至会搅得我痛苦不堪……

“人应该满足于安稳的生活，这么说只是徒劳：他们必须行动；而且，如果他们无法找到行动，就要制造行动。千百万的人注定要忍受比我更加寂寥的命运，也有千百万的人都在默默反抗他们的命运。没有人知道有多少反抗正在芸芸众生中酝酿，这些反抗往往会被掩藏起来。人们通常认为，女性都应该保持内心平静：然而女人的感受与男人并无二致；她们需要运用自己的各种能力，而且也像她们的兄弟一样，需要为她们的努力找到一个用武之地；她们遭受着过于僵化的束缚、极端的停滞，会如男人一样感到痛苦；在那些比她们更加享有特权的同类中，只有思想狭隘者才会认为，女人就应该把自己封闭起来，她们只需要做做布丁，织织长袜，弹弹钢琴，绣绣袋子。若是她们突破习俗所认定的她们这个性别所应做的事情，试图要做更多或者学习更多，人们就因此谴责她们，嘲笑她们，这是欠考虑的。

“当我这样独处时，我就会常常听到格雷斯·普尔的笑声……”

这个停顿令人尴尬。[①]格雷斯·普尔突然出现，让人觉得不安。延续性被打断了。人们或许会说，写出这些文字的女性所拥有的才华更胜于简·奥斯丁，我一边想着，一边把书放到了《傲慢与偏见》旁边；但如果你反复阅读，留意到那个猝然转折、那种愤慨，你就会明白她永远无法完整地、彻底地表现自己的才华。她的作品会被破坏、被扭曲。本应写得平静，她却写得愤怒。本应写得睿智，她却写得肤浅。本应该描写她笔下的人物，她却在描写自己。她一直在与自己的命运交战。她一生逼仄，不断受挫，又如何能够不在年纪轻轻时就死去？

我忍不住冒出一个想法，如果夏洛蒂·勃朗特一年拥有，比如说，三百英镑——但是这个傻女人把她所有小说的版权，以一千五百英镑的价格一次性卖掉；如果她对大千世界、对城镇和充满生机的地方多一点了解；或者多一些现实经验，与志同道合之人多一些交谈，结识更多的各色人等，情况

---

① 值得注意的是，伍尔夫在此处对夏洛蒂·勃朗特所做的评论与别的地方是有出入的。或许是出于论证观点的需要，伍尔夫在这里对夏洛蒂·勃朗特持批评态度，而在其他地方，她则表现出对勃朗特的赞赏。比如在1925年出版的《普通读者》中，她把夏洛蒂·勃朗特与托马斯·哈代相提并论，认为他们都为自己量身打造了一种独特的写作风格，这种风格有助于他们把自己的思想完整地呈现出来。

又会怎样呢？在那些文字中，她不仅准确地触及了她作为小说家的局限，也触及了她的性别在当时所受的局限。她比任何人都清楚，如果不是在孤独地眺望远处的乡野，如果她能够有机会去体验、去交谈、去旅行的话，她的才能会给她带来多么丰厚的回报。然而这些都没有机会实现，她没能实现这些；而我们必须接受这样的事实，即所有那些好的小说，《维莱特》《爱玛》《呼啸山庄》《米德尔马契》等等，都是由那些生活经验没那么丰富的女性创作的，她们的生活经验不过是一个受人尊重的牧师家庭中的日常经验；都是在令人尊重的家庭中共用的客厅里完成的，而且这些女性身无分文，贫穷到一次只能买得起几沓纸，在上面写作《呼啸山庄》或《简·爱》。但的确，其中有一个例外，那就是乔治·艾略特，在历经多番磨难之后，她最终摆脱了这一厄运，但最后也只是隐居在圣约翰伍德[①]的一座豪宅内。那儿，她依旧生活在被世人排斥的阴影中。“我希望人们知道，”她这样写道，“我从来不会邀请任何人过来拜访我，除非他们主动要求我发出邀请”；因为跟一个已婚男人同居，她不就是在犯罪吗？只消看她一眼，史密斯夫人或是其他任何一位碰巧来访的客人的好名声，不就可能被毁坏了吗？人们必须服从社会规约，必须“与所谓的世界切断关联”[②]。与此同时，在欧洲的另一边，有一位年轻人正在无所忌惮地与一个吉普赛女人或一个贵妇同居；或者，正在奔赴战场；或者，正在不受阻碍、无拘无束地积累各种各样的人生阅历，而

① 位于伦敦威斯敏斯特的一个区，这座住宅的名字为“普瑞尔雷”（Priory），这在下文中会提到，巧合的是，Priory这个英文单词的意思是“小修道院，小隐修院”。

② 乔治·艾略特本名为玛丽·安·埃文斯（Mary Ann Evans，1819—1880），她与传记作家、文学批评家、小说家、哲学家、编辑乔治·亨利·刘易斯（George Henry Lewes，1817—1878）同居，但因为刘易斯已经有一个患有精神疾病的妻子，两人无法结为合法夫妻。

这些在他后来写书的时候，都会为他提供绝佳的素材。假如托尔斯泰携一位已婚女士隐居在“普瑞尔雷”宅中，“与所谓的世界切断联系”，不管这其中的道德意义如何具有启迪性，我想他恐怕都难以写出《战争与和平》了。

不过，我们不妨再深入一点去探究小说写作，以及性别对小说家造成的影响。如果我们闭上眼睛，把小说当作一个整体来思考，它似乎就像是一种创造，与生活之间有着某种镜像般的相似性，虽然必定会有无数的简化和扭曲。无论如何，小说是一种结构，它在心灵上留下某种形状，时而是正方形，时而是宝塔形，时而伸展出侧厅和拱廊，时而又稳固结实，圆形的穹顶就像是君士坦丁堡的圣索菲亚大教堂。这种形状会在人的心里激发起一种与其相得益彰的情感，我思索着，回忆起一些著名的小说。但那种情感立刻与其他因素混合起来，因为“形状”不是由石头与石头之间的关联制造的，而是由人与人之间的关联制造的。所以一部小说会在我们的心里激发出各种各样对立的、截然不同的情感。生活与某种非生活的东西相冲突。因而，要就小说达成任何一致，并不简单，我们所持的个人偏见会对我们产生巨大的影响。一方面，我们感到，“你——英雄约翰——必须活着，否则我就会陷入绝望的深渊”。而另一方面，我们又感到，“唉，约翰，你必须得死，因为书的形态要求如此”。生活与某种非生活的东西相冲突。既然小说部分体现了生活，那么我们就会以评判生活的方式来评判小说。有人说，詹姆斯是我最讨厌的那类人。或者，这再荒谬不过了，我自己从来没有过这种感受。回想任何一部著名的小说，很显然，它的整体结构都具有无穷无尽的复杂性，因为它是由如此众多的不同判断，以及如此众多的不同情感所构成的。令人惊奇的是，以这种方式撰写的书，却具有十足的统一性，而且这种统一性能保持不止一两年，何况，英国读者从中领会到的意义，与俄国读者或中国读者从中领会到的意义并没有什么不同。不过，只有在极少数情况下，这种统一性才表现得尤为不凡。在这些幸存下来的极少数例子中（我在想的是《战争与和平》），把它们统一起来的，是我们所称的诚实，虽然这与支付账单或在危急关头表现出的高尚行为没有任何关联。对小说家而言，我们所说的诚实，指的是他相信他给予我们的就是真相。是的，你会感到，我从未想到过可能是这样；从来不知道人们会像那样行事。但你让我相信，它的确如此，它就是这样发生的。人们在阅读的时候，会把每一个词组、每一个场景举向一道光——因为十分奇特的是，大自然似乎给我们提供了一道内在之光，通过它，我们可以来评判小说家的诚实或不诚实。或者，情况也可能是，大自然，在面临她最不理性的情绪时，在心灵之墙上以不可见的墨水画下了一种不祥的预感，而这些伟大的艺术家证明了这种预感的存在；它是一幅素描，只需要把它拿到天才之火旁边，就可以显现出来。当有人这样把画暴露于火光之下，看到它显露出生命时，就会欣喜若狂地大喊，但这就是我一直感觉的、了解到的、渴望得到的东西啊！然后人们就会兴奋无比，甚至是带着崇敬之情合上书，仿佛它是某种珍贵的东西，是一本只要你还活着就会重温的常备之书，然后又把它放回到书架上。我猜测着，拿起《战争与和平》，把它放回到原来的位置上。另一方面，如果人们挑选出来考察的是这些贫乏的句子，它们有着亮丽的色彩和时髦的姿态，因而首先激起的是一种快速的、热烈的反应，但也就止步于此：似乎有某种东西钳制了句子的发展，抑或是，如果把它们举到光下，只能看到这个角落有一块模模糊糊的涂抹，而另一个地方则有一片墨渍，没有任何东西看起来是完整的，那么这个时候你就会失望地叹口气说，“又是一部失败之作”。这部小说在某个地方出了问题。

当然，在大部分情况下，小说都会在某个地方出点问题。在巨大的压力下，想象会出错，会变得虚弱。视野会混乱；人无法分清哪些是真实的，哪些是虚假的，它没有力量继续进行艰苦的劳作，正是这种劳作每时每刻都要求使用多种不同的官能。然而，这一切又如何受到小说家性别的影响呢？我看着《简·爱》和其他小说，很想弄明白。她的性别事实会不会以某种方式干扰女性小说家的诚实——也就是我认为应当是作家脊梁的诚实？在以上我引自《简·爱》的几段文字里，能非常明显看出，愤怒破坏了夏洛蒂·勃朗特作为小说家的诚实。她偏离了本应专心讲述的故事，转而去宣泄某种个人的不满。她记得她应该享有的经验被剥夺了——她被迫在一所牧师住宅里过着一成不变的生活，补着袜子，而她真正想要做的却是自由自在地在世界漫游。她的想象是从愤慨转变而来的，而我们能感受到这一转变。然而不只是愤怒，还有更多的力量影响着她，拖拽着她的想象力，使它偏移自己原来的轨道。无知就是其中一个。对罗切斯特这个人物的刻画，就是出于无知。我们在其中感受到了恐惧的影响；同样，我们也不停地感受到一种尖酸刻薄，它是压抑的结果，是一种被掩埋的痛苦在它的热情之下郁积，而积怨让那些作品因阵痛而痉挛收缩，虽然它们都是才华横溢的作品。

既然小说与现实生活之间有这种对应关系，那么小说的价值观在一定程度上就是现实生活的价值观。然而，显而易见的是，女性的价值观时常与另一个性别所制定的价值观有所不同；这是自然的。但占据上风的是男性价值观。简而言之，足球和运动是“重要的”；崇拜时尚、购买衣服就是“琐碎的”。而这些价值观都不可避免地是从生活转移到小说中去的。这是一本重要的书，评论家认为，因为它描写的是战争。这是一本无足轻重的书，因为它描写的是客厅中女人的情感。战场上的场景要比店铺中的场景重要多了——这种价值观的差异随处可见，而且也更加不易被察觉。因此，如果你是一个女人，19世纪小说的整个结构，是由这样一种头脑建构起来的，它被稍稍拉离了原来笔直的路线，为了顺从外部权威而被迫改变了原本清晰的观念。只需快速浏览一下那些过去的、被遗忘的小说，倾听一下它们是以何种口吻被创作出来的，你就能猜到作者正在遭受批评；她表现出的好斗情绪，或者和解的愿望，就说明了这一点。要么承认，她“只是一个女人”；要么发出抗议，说她“跟男人一样优秀”。她依照自己的本性来应对批评，其态度或是温顺的、畏缩的，或是愤怒的、强调的。是哪一种态度并不重要；她在思考的并不是事情本身。她的书给我们提了个醒。在书的中心有一个缺陷。然后我想起了所有女性的小说，它们散落在伦敦的二手书店里，就像果园里布满麻点的小苹果。正是因为中心的那个缺陷，它们才都腐烂了。她为了顺从别人的观点，改变了自己的价值观。

然而，要让她们不要向右或向左偏移，也是不可能的。身处一个纯粹的父权制社会，面对所有那些批评，得有多少才能、多少真诚，方能紧紧地守住自己看待事物的方式而不退缩？唯有简·奥斯丁和艾米莉·勃朗特做到了。这是插在她们帽子上的另一根羽毛，也许是最精致的那根。她们像女人一样写作，而不是像男人那样写作。在所有写小说的上千名女性当中，只有她们不理会那些从不缺席的好为人师者们所提出的一成不变的告诫——要写这个，要思考那个。只有她们对那个反复出现的声音充耳不闻，它时而抱

怨，时而高高在上，时而盛气凌人，时而悲痛，时而震惊，时而愤怒，时而又带几分长辈风范。这个声音不肯让女性得到片刻安宁，而是必须要监管着她们，就像一位过于勤勉的女家庭教师，要求她们优雅端庄，就像埃格顿·布里奇斯爵士一样，甚至把对性别的批评扯进诗歌批评中；[①]告诫她们，如果她们想要表现好，或者想要赢得某个亮闪闪的奖品，她们就必须要在刚刚提及的那位绅士认为恰当的范围内循规蹈矩——“……女性小说家只有勇敢承认其性别带来的局限性，才能追求卓越。”[②]这句话简单扼要地概括了这个问题，而我要告诉你们，这个句子不是写于1828年8月，而是写于1928年8月，你们可能会大吃一惊，我想你们可能会赞同，不管这句话现在听起来有多好笑，它都代表了一大部分人的观念——我无意去搅动那些古老的池塘；我只是抓住了漂到我脚边的机会——在一个世纪以前，这种观念远比现在更富有生命力，更加直截了当。在1828年，只有极为坚定的年轻女性，才能漠视所有那些怠慢、指责、奖品的承诺等等。你必须表现得像个煽动叛乱者，才可能对自己说，啊，但他们无法也收买文学。文学是朝所有人敞开的。我不允许你把我赶出这块草坪，尽管你是学监。如果你愿意，紧紧锁上你的图书馆吧，但你无法用门、锁、闩之类的东西来禁锢我自由的心灵。

然而，无论打击和批评对她们的写作造成了怎样的影响——我相信一

---

① ［她］怀有一种形而上学的目的，而那是一种十分危险的痴迷，尤其是对女人来说，因为女人很少具有男人那样的对待修辞的健康的爱。在这个性别中，存在着一种奇怪的缺失，而这个性别在其他事物中则更为落后，而且更为物质主义。——《新原则》，1928年6月。——原注

② 如果你像记者那样，相信女性小说家只能通过勇敢地承认自己性别的局限来追求卓越（简·奥斯丁［已经］展现了这种意图如何以优雅的方式来完成……）——《生活与书信》，1928年8月。——原注

定造成了十分巨大的影响——但与她们要把自己的想法付诸笔端之时面临的其他困难相比，这点无关紧要（我依旧在思考那些19世纪早期的小说家）——这个困难就是，她们背后没有传统，或者说这个传统太短、太不完整，几乎无法给她们提供任何帮助。因为若是身为女人，我们只能通过我们的母亲来思考过去。不管我们能从伟大男作家那里获得多少乐趣，但想到他们那里寻求帮助则是徒劳的。兰姆、布朗、萨克雷、纽曼、斯特恩、狄更斯、德·昆西[①]——不论是谁——他们还从未帮助过一个女人，虽然她可能从他们那里学到了一些技巧，并对其进行修改后再加以运用。男人思想所具有的重量、速度和步伐与她自己的大相径庭，因此她无法从他那里成功偷得什么现成的重要东西。模仿者离得太远，又何必费力去效法。[②]或许当她拿起笔在纸上开始写作时，她发现的第一件事情，就是没有现成的共享的句子可供她使用。所有伟大的小说家，比如萨克雷、狄更斯和巴尔扎克，都是以某种自然的散文体书写，快速而不凌乱，表现力强却不显得造作，具有自己的特色同时也不失其共同属性。这些作家的风格都是基于当时流行的句子。19世纪早期流行的句子大概是这样："他们作品的伟大之处，就在于

---

① 布朗，即托马斯·布朗爵士（Sir Thomas Browne，1605—1682），英国作家，创作题材甚广，涉及科学、医学、宗教等等；纽曼，即约翰·亨利·纽曼（John Henry Newman，1801—1890），19世纪具有影响力的神职人员和作家，曾经主导英国国教的"牛津运动"，后皈依罗马天主教，成为枢机执事，2019年被封圣；德·昆西，即托马斯·德·昆西（Thomas De Quincey，1785—1859），英国散文家、评论家，最知名的作品是《一名英国瘾君子的自白》。

② 这句话原文为The ape is too distant to be sedulous，此处伍尔夫显然化用了英国作家史蒂文森（Robert Louis Stevenson，1850—1894）的sedulous ape这个隐喻。史蒂文森在讲述自己练习写作的过程中，强调自己对其他作家的努力模仿，包括兰姆、赫兹里特、华兹华斯，他把自己称为"扮演勤奋的猿猴"（play the sedulous ape）。

它所引发的争论不会突然终止，而是持续进行下去。他们最大的兴奋或满足，莫过于把写作技艺付诸实践，并不断创造真与美。成功催人奋斗；习惯促进成功。”[1]这就是一个男人的句子；在它背后，我们可以看到约翰逊、吉本[2]和其他人。这一句子不适合女性作家。纵使夏洛蒂·勃朗特拥有散文方面的卓越才华，但手里拿着笨重的武器，也难免踉踉跄跄，栽个跟头。乔治·艾略特因它犯下的种种谬误，非语言所能描述。简·奥斯丁看了一眼这个句子，嘲笑了一番，然后设计了一种十分自然的、匀称的句子，完全适合她本人使用，而且自此再也没有违背过它。因此，虽然写作才能逊于夏洛蒂·勃朗特，但简·奥斯丁表达的内容却比她更充分得多。实际上，既然自由和充分的表达是这门艺术的本质，那么这种传统的缺失，这种工具的匮乏和不足，想必已经极大地影响了女性的写作。况且，一本书不是句子与句子首尾相连而成，而是句子与句子建构起——如果意象能有助于理解的话——拱廊或穹顶。这一形状也是由男人出于自身的需求、为了自身使用而建造起来的。没有理由认为，史诗或诗剧的形式会比男人的句子更适合女性作家。然而，当女性成为作家的时候，所有旧的文学形式，都已经固定成形，难以改变了。只有小说还足够年轻，在她手里还较为柔软可塑，这也

① 这句话出自英国散文家、批评家威廉·赫兹里特（William Hazlitt，1778—1830）的文章《论在学习中的运用》，收录于《坦言集》。

② 约翰逊，即塞缪尔·约翰逊（Samuel Johnson，1709—1784），英国词典编纂者、散文家、诗人和道德学家；吉本，即爱德华·吉本（Edward Gibbon，1737—1794），英国历史学家、作家，他最重要的作品是《罗马帝国衰亡史》。伍尔夫对吉本以及他的这本著作是很熟悉的，她的第一部小说《远航》（1915）中就多次提及吉本，此外，她还专门写过评论吉本的文章，包括《史学家与“这位吉本”》以及《谢非尔德的沉思》。

许是她选择写小说的另一个原因。然而，即使现在，即便它在所有形式中最具可塑性，谁又能说“小说”（我在这里加上引号，是要表明我认识到这个词的意义无法充分表达[①]）恰恰是设计成了可以为她所用的形式呢？毫无疑问，我们发现她可以自由使用自己的肢体时，是她把小说敲打成形，并且提供了某种新的工具，虽然不一定非得是韵文，来表达她心中的诗意。因为无法得到宣泄的，依旧是诗意。我继而想到，现在的女性会如何写一出五幕的诗歌悲剧。她会使用韵文吗？——还是她宁愿用散文？

然而这些都是不易回答的问题，存在于未来朦胧的暮光中。我必须暂且抛下这些问题，哪怕只是因为它们会刺激着我偏离正题，恍惚着走进了一片人迹罕至的森林，那里我一定会迷路，而且很有可能被猛兽吞噬。我不想，我确定你们也一定不想让我，引入那个十分令人沮丧的话题——小说的未来。因此我在此停顿片刻，只是为了让大家注意到，就女性而言，在那个未来，物质条件必定会扮演重要的角色。书，在某种意义上，必须要与身体适配，而且人们可能会不假思索地说，女性的书应该比男性的书更短一些，更浓缩一些，书的结构也应该设计成无须她们长时间持续地、不被打扰地工作。因为打扰会一直存在。何况，滋养大脑的神经在女性和男性身上似乎是不同的，如果你要让神经以最佳的状态最努力地工作，你必须找到对待它们最合适的方式。——例如这些讲座的时间，很有可能是由几百年前的那些修士设计出来的，是否适合我们的神经——神经需要在工作和休息之间进行怎样的交替？不要把休息理解为无所事事，休息也是做事，不过是做不

① 英文中小说（novel）还有“新颖的”“创新的”之意。

同的事情；而那个不同又该是什么呢？所有这些都应当被讨论、被探索；这些都是“女性和小说”这一问题的构成部分。我继续思考着，再次走向书架，我在哪里能找到一个女性对女性心理学所做的深入研究呢？假如因为女性没有能力踢足球，就不被允许行医的话，那么——

所幸，我的思绪现在又转向了另一个问题。

第五章

在这漫步的最后，我最终来到了摆放在世作家作品的书架前；这儿，既有女性作家，也有男性作家，因为现在女性所写的书几乎与男性的一样多。或者说，如果这还没有完全变成现实，如果男性依然是健谈的性别，但确凿无疑的是，女性已不再只是创作小说。有简·哈里森的希腊考古学著作，有弗农·李的美学著作，有格鲁德·贝尔的波斯游记。[①]出现了各种各样主题的书，而这些主题都是上一代女性无法触及的。有诗歌、戏剧、评论，有历史和传记，有游记以及学术研究的专著。甚至还有一些关于哲学、科学与经济的书。虽然小说仍旧占据主导地位，但因为与另一种不同类型的书关联起来，小说本身可能已经发生了改变。那种自然质朴，那个女性写作的史诗时代，或许已经一去不返了。阅读和批评或许已经拓宽了她的视野，让她变得更加敏锐。撰写自传的冲动或许已经耗尽了。她或许开始把写作当作艺

---

① 弗农·李（Vernon Lee，1856—1935）：原名维奥莱特·佩吉特（Violet Paget），英国小说家、散文家；格鲁德·贝尔（Gertrude Bell，1868—1926）：英国作家、旅行家、政治家，1886年进入牛津大学学习，是牛津历史上第一个获得一等学位的女性。她在哈希姆王朝在巴格达的建立中起了决定性作用，曾担任英国驻阿拉伯半岛行政官员。

术，而不再是一种自我表达的方式。在这些新的小说中，人们或许可以找到解答此类问题的某个答案。

我随手取出其中的一本书。它刚好位于书架的末端，书名是《人生的冒险》，或者某个类似的题目，作者是玛丽·卡迈克尔[①]，十月刚刚出版。这似乎是她的第一部作品，我自言自语道，但我们必须把它当作一部相当长的系列丛书中的最后一卷来阅读，是我一直在浏览的所有其他作品——温切尔西夫人的诗歌、阿芙拉·贝恩的剧本以及那四位伟大小说家的小说——的延续。因为书与书之间具有延续性，尽管我们习惯于将它们分开来评判。况且，我也必须要把她——这位不为人知的女性——视为那些女性的后裔，我刚刚浏览过她们的境况，现在可以审视一下她究竟继承了她们什么特点和局限。因此，我坐了下来，拿了一个笔记本和一支铅笔，看看我能从玛丽·卡迈克尔的第一部小说《人生的冒险》中了解到什么，我不由叹了口气，因为小说提供的往往是止痛剂而不是解毒剂，它使人陷入麻木的沉睡中，而不是用滚烫的烙铁把人唤醒。

首先，我把一页从上到下浏览了一下。我说，我要先弄明白她的句子，然后再去记住蓝色眼睛、棕色眼睛，以及克洛伊和罗杰之间可能存在的关系。这些细节都可以等，不过我需要先确定她手里拿着的是一支笔还是一个镐。所以，我试着读了一两句。很快，就发现有什么东西明显不妥。一个句子与另一个句子之间的顺畅滑动被打断了。有什么被撕裂了，有什么刮

① 玛丽·卡迈克尔，如第一章所示，这是伍尔夫虚构出来的人名，但可能影射了当时的一个真实事件。1928年，主张节育的先驱者玛利·斯托普斯（Marie Stopes）以玛丽·卡迈克尔（Marie Carmichael）这个名字出版了一本题为《爱的创造》的小说。伍尔夫的虚构可能就是以此为原型。

擦出刺耳的声音；时不时地，某一个单词火炬一般在我眼前闪现。就像人们在那些老的剧本里所说的，她在“放开”自我。她就像一个在擦火柴，但却点不亮的人一样，我想。但，我问她，就像她在我面前一样，为什么简·奥斯丁的句子对你来说就不合适呢？难道是因为爱玛和伍德豪斯先生[①]都死了，所以这些句子也必须被抛弃吗？唉，竟然会这样，我不免叹息。因为虽然简·奥斯丁在旋律与旋律之间断开，就像莫扎特在歌曲与歌曲之间断开一样，但读《人生的冒险》这样的作品就像是乘坐一艘敞篷船出海一样，时而颠起，时而沉下。这种简短生硬，这种气喘吁吁，有可能意味着她在害怕什么；或许是害怕被称为“多愁善感”；或者她记得，女性的写作一直被认为是华而不实的，所以她故意制造了过多的荆棘；但除非我更加仔细地读完一个场景，否则我无法确定她是在做她自己，还是在模仿别人。不管怎样，她没有减少人们的热忱，我心想，我更加细致地阅读起来。然而她堆砌了太多的事实。在这样一本薄薄的书中，她能用到其中的一半事实就已经相当可观了。（这部小说大约只有《简·爱》的一半长。）然而，她以某种方式成功地让我们所有人——罗杰、克洛伊、奥利维亚、托尼以及比格姆先生——都登上了往上游前进的一艘皮划艇上。等下，我说，我靠坐在椅子背上，在做出进一步评论前，我必须要先更加审慎地全盘思考一下。

我几乎可以肯定，我自言自语道，玛丽·卡迈克尔把我们给捉弄了。因为我的感觉就像是在玩过山车，就在我们以为车厢会俯冲下去的时候，它却来了一个急转弯又升了上去。玛丽正是在破坏这种期待的顺序。首先她破

---

① 爱玛和伍德豪斯先生都是简·奥斯丁小说《爱玛》中的人物。

坏了句子，现在又破坏了顺序。好吧，如果她不是为了破坏而破坏，而是为了创造而破坏，那么她当然就有权利破坏句子和顺序。究竟是这两种破坏之中的哪一种，我还无法确定，除非她让自己面对着某个具体的情境。我会给她全部自由，我说，任她去选择一个具体的情境；如果她愿意，她甚至可以用锡罐和老旧的水壶搭建起一个情境；但是她必须要能说服我，她相信那个就是一种情境；而当她制造了这个情境后，就必须直面它。她必须活跃起来。而且，如果她对我尽到作为作者的责任，那么我也决意对她尽到作为读者的责任，我翻到下一页开始读……抱歉，这里我要突兀地打断一下。没有男人出场吗？你能否向我保证在那边那个红色的窗帘背后，不会隐藏着查特里斯·拜伦爵士[①]吗？你敢向我保证我们都是女人吗？接着我就可以告诉你们，我接下来读到的是这样一句话——“克洛伊喜欢奥利维亚……”不要惊吓。不要脸红。不妨让我们私下承认，在我们自己的社交圈子里，这种事情时有发生。有时女人的确会喜欢女人。

“克洛伊喜欢奥利维亚。”我读道。然后我突然意识到，这里发生了一个多么巨大的改变。或许在文学中，这是克洛伊第一次喜欢奥利维亚。克莉奥佩特拉不喜欢奥克塔维亚。果真如此的话，《安东尼与克莉奥佩特拉》将会发生多么彻底的改变啊！事实上，我不得不任由自己的思绪从《人生的冒险》中短暂地游离开来，在想，如果有人胆敢指出来的话，整出戏被荒谬地简化了，规约化了。克莉奥佩特拉对奥克塔维亚的唯一情感就是嫉妒。

① 查特里斯·拜伦，即亨利·查特里斯·拜伦爵士(Sir Henry Chartres Biron，1863—1940)，英国律师，后成为大都会警察法院首席法官，主持了对英国小说家拉德克利夫·霍尔的女性同性恋小说《孤独之井》的“淫秽案”审判。

她比我高吗？她梳了个什么样的发式？也许，这出剧不再要求有其他方面的情感。然而，假如这两个女人之间的关系更复杂一点的话，整出剧会变得多么有趣啊。我思考着，快速地回顾着那些虚构的女性人物所构成的壮观长廊，所有女人之间的关系都过于简单了。有太多东西被遗漏，从未被尝试。我努力回忆在我阅读过的书中，是否有两位女性被表现为朋友关系的情况。在《十字路口的戴安娜》[①]中有过一次尝试。当然，在拉辛[②]和希腊悲剧中，她们是密友。在其他作品中偶尔是母女关系。但几乎毫无例外的是，她们的形象都是在与男人的关系中被表现出来的。想来也果真奇怪，在简·奥斯丁的时代之前，小说中的所有伟大女性，都不仅是从异性的视角加以表现，而且也仅仅是从她们与异性的关系中加以表现。而这在女人生活中其实只占多么微小的一部分呀；哪怕是在这一点上，当男人通过"性别"戴到他鼻子上的褐色或玫瑰色的镜片进行观察时，他也所知甚少。因此，或许这就是为什么小说中女人往往具有一种特质；她的极端的美和极端的恐怖，都令人震惊；她要么如天使般善良，要么如魔鬼般堕落——因为，一个情人就是随着他自己爱意的升降起伏，根据他是成功还是不幸，来看待她的。当然，这种描述对19世纪的小说家来说并不那么准确。这里，女性形象更加多样化，性格也更加复杂。实际上，正是因为产生了要书写女性的欲望，男性才逐渐抛弃了诗剧这一形式——诗剧的情感过于激烈，能够用到女性的地方少之又少——转而设计了小说这一文类作为更加合适的容器。即

① 《十字路口的戴安娜》：英国维多利亚时代的小说家乔治·梅瑞狄斯（1828—1909）所创作的一部小说，该小说往往被认为塑造了一个"现代"女性形象。

② 拉辛(Jean Baptiste Racine，1639—1699)：法国剧作家、诗人，法国古典主义悲剧代表人物之一。

便如此，哪怕是在普鲁斯特的作品中，我们也可以明显看出，男人对女人的认知是十分有限的、不完整的，正如女人对男人的认知一样。

我继续思考，再一次低头看着书页，越来越明显的是，女人跟男人一样，除了对家庭生活的持续不变的兴趣以外，也有其他兴趣。“克洛伊喜欢奥利维亚。她们共用一个实验室……”我接着读下去，发现这两个年轻女子正忙着把肝脏切成碎片，这似乎是治疗恶性贫血症的方法；虽然其中一个已经结婚了，并且有——我想我这样说是正确的——两个小孩。当然，所有这些现在必须略去，因此对这个虚构女性的精彩塑造，又变得太过于简单，太过于单调了。举例来说，假设男人在文学中仅仅被表现为女人的情人，而且从来都不是男人的朋友，也不是士兵、思想者、梦想家，莎士比亚戏剧中能分给他们的角色得是多么少啊，文学又将因此遭受多大损失啊！我们也许还会有大部分的奥赛罗，很大部分的安东尼；但不会有凯撒，不会有布鲁图，不会有哈姆雷特，不会有李尔，不会有杰奎斯[①]——文学将会贫困到令人难以置信的地步，事实上，把女性拒之在外的一扇扇门，让文学遭受的贫困是无法估量的。如果她们违背自己的意愿结婚、被迫守在一个房间里、只有一件事情可做，一个剧作家如何能够充分地、有趣地或者真实地描述她们呢？爱情是唯一可能的阐释者。诗人被迫变得狂热或愤恨不平，除非他真的有意“厌恶女人”，而这往往意味着他对女人来说毫无吸引力可言。

现在，如果克洛伊喜欢奥利维亚，而且她们共用一个实验室，这本身就会让她们的友谊更加多样、更加持久，因为这种友谊会更少一些个人因素；

---

① 这里提到的都是莎士比亚戏剧中众所周知的人物。

如果玛丽·卡迈克尔知道如何去写作，而我也开始喜欢她写作风格中的一些特点，如果她有一间自己的房间——对此我不是很确定，如果她一年有五百英镑的个人收入——但这还有待证实，那么我想，某种具有重大意义的事件已经发生了。

因为如果克洛伊喜欢奥利维亚，而玛丽·卡迈克尔知道如何表达这种情感，那么她将在那个尚未有人到过的巨大房间里点燃一束火炬。这里处处是昏暗的灯光和厚重的阴影，就像那些蜿蜒的山洞，你拿着烛火进去，上上下下仔细查探，却不知道你正踩在什么地方。我又开始继续读这本书，读到克洛伊看着奥利维亚把一个玻璃罐子放在架子上，说该回家陪孩子们了。这样的场景，自古以来从未见过，我惊叫起来。而我也在观看，带着强烈的好奇心。因为我想看看玛丽·卡迈克尔如何处理那些从未被描写过的姿态，那些未说的或欲言又止的话语，这些话语就像天花板上飞蛾的影子那样模糊不清，但女性在独处时，在未受到异性那变幻莫测、充满色彩的灯光的照耀时，就形成了这些话语。如果她要去做这件事的话，她需要屏住呼吸，我心想，并接着往下读；因为女性对所有那些背后没有某种明显动机的兴趣都表示出怀疑，她们已经非常习惯于隐藏和压抑自我，以至于只要有人朝她们所在的方向，目光犀利地看那么一下，她们就会知趣地离开。我思考着，对着玛丽·卡迈克尔说，仿佛她就在我面前一样，你做这件事的唯一方式，就是聊一些其他的话题，同时不断地注视窗外，这样就能记下，不是用铅笔在笔记本上，而是用最快速的速记法，用那些还几乎没有形成音节的方式，去记下来，当奥利维亚——这一生命有机体，在几百万年时间里都是生活在岩石的阴影下——此时感受到了照射在身上的光，而且看到她可以获得的一片奇怪的食物——知识、冒险、艺术，这时发生了什么。我再一次从书页上抬起头，心想，当她伸手去够这片食物时，必须要设计某种全新的资源组合方式，而这种组合方式原本是为了其他目的而高度发展起来的，以便能够把新的资源吸收进旧的资源之中，并且不会干扰极端错综复杂、极端精妙的整体平衡。

然而，唉，我已经做了本来坚决不想去做的事情；我已经不假思索地开始赞美我自己的同性了。“高度发展”——“极端错综复杂”——无可否认，这些都是溢美之词，而表扬自己的同性总是可疑的，也时常会显得傻里傻气的；况且，在这种情况下，你又如何证明这种赞美是公正的呢？你不可能走到地图跟前说，哥伦比亚发现了美洲，而哥伦比亚是个女人；或者是拿起一个苹果说，牛顿发现了万有引力定律，而牛顿是个女人；或者仰望着天空说，飞机正在飞过头顶，而飞机是由女人发明的。墙上没有任何标记来测量女性的准确高度。你也没有等分成一英寸一段的码尺，用来测量一位好母亲有多贤惠、一个女儿有多孝顺、一个妹妹有多忠诚，或者一位主妇有多能干。就算是到了现在，也很少有女性在大学里被评分；在陆军和海军、商业、政治和外交等领域，在进行重要选拔时，也几乎没有对她们进行测试。即使是在当下这个时刻，她们也几乎仍旧没有被归类。但，举例来说，如果我想知道一个人能告诉我的关于霍利·巴茨的所有一切，我只需要打开《伯克年鉴》或者《德布雷特名录》[1]，然后我就能知道他获得了什么学位，他拥

① 《伯克年鉴》或《德布雷特名录》，指的是有关英国贵族和绅士阶层的名册，这里出现的霍利·巴茨疑似伍尔夫虚构的一个人物。

有一处大庄园府邸，有一个继承人，他曾担任董事会秘书，出任过英国驻加拿大大使，并且接受了若干学位、职务、勋章和其他殊荣。因为这些，他的功绩就在他身上打下了不可磨灭的烙印。除了上帝，没有人知道比这更多的有关霍利·巴茨爵士的信息了。

因此，当我说女性是“高度发展”“极端错综复杂”之时，我无法用《惠特克年鉴》[①]、《德布雷特名录》或大学校历来证实我的用词准确。身处这样的困境中，我能做什么呢？我再一次看向了书架。那里有传记：约翰逊、歌德、卡莱尔[②]、斯特恩[③]、考珀[④]、雪莱、伏尔泰、勃朗宁以及其他许多人的传记。我开始思忖，所有那些伟大人物都曾出于这样或那样的原因，爱慕女人、追求女人、与她们同居、向她们吐露心声、向她们献殷勤、书写她们、信任她们等等，并且表露出只能被描述为对某些特定异性的某种需求和依赖。我不能肯定，所有这些关系都纯粹是柏拉图式的，而威廉·乔恩森·希克斯爵士[⑤]很可能会否认这一点。但如果我们坚持认为，这些声名显赫的男人从这些关系中所获得的不过是宽慰、奉承和身体的

---

① 《惠特克年鉴》，系英国综合性年鉴，由英国伦敦惠特克公司出版，以该书第一任主编约瑟夫·惠特克（1820—1895）的名字命名。

② 卡莱尔（Thomas Carlyle，1795—1881）：英国历史学家、散文家，出生于苏格兰，代表作有《法国大革命》《论英雄、英雄崇拜与历史上的英雄事迹》。

③ 斯特恩（Laurence Sterne，1713—1768）：英国小说家，出生于爱尔兰，代表作品《项狄传》，被认为是英国感伤主义的代表。

④ 考珀（William Cowper，1731—1800）：18世纪最受欢迎的英国诗人之一，擅长描写英国乡村风景和日常生活中的喜怒哀乐，开辟了自然诗歌的新领域，被认为是英国浪漫主义诗歌的先驱之一。

⑤ 威廉·乔恩森·希克斯爵士（Sir William Joynson Hicks，1865—1932）：时任英国内政大臣。伍尔夫曾经和E. M. 福斯特一起写信给《民族》杂志，抗议他把《孤独之井》列为禁书，并且对他主持的文学审查进行讽刺。

愉悦而已，这对他们可能是极为不公正的。他们得到的，很显然，是他们的同性无法提供的东西；如果我们进一步把这种东西界定为一种激励，一种只有异性才有能力给予的创造力的恢复，或许算不上轻率，也无须引用诗人们那些无疑是狂想曲一般的语言。我想，他会打开客厅或者婴儿室的门，发现她跟孩子们在一起，或者是膝头放着一个刺绣品——不管怎样，这代表着某种不同的生活秩序和体系的中心，这个世界与他自己本人的世界——也许是法庭，也许是众议院——形成鲜明的反差，因此会立刻使他振作精神，焕发出勃勃生机；而接下来，即便是在最简单的对话中，这种自然而然的观点差异，又为他干涸的思想重新注入了生命力；看到她在用一种不同于他自己本人所使用的媒介在创造，会大大地催生他的创造力，因此不知不觉中，他贫瘠的思想又会开始活跃起来，他会找到那个词组或那个场景，而在他戴上帽子动身去见她之时，这些都还没有着落。每一个约翰逊都有他的斯瑞尔[①]，而且正是出于诸如此类的原因，紧紧抓住她不放，因此当斯瑞尔跟一位意大利音乐老师结婚时，约翰逊因为愤怒和厌恶而陷入半疯癫的状态，当然并不仅仅是因为他会怀念自己在斯特里汉姆度过的美妙的傍晚，还因为他的生命之光“仿若已经熄灭”。

即使不是约翰逊博士，不是歌德、卡莱尔或伏尔泰这般伟大的人物，我

---

① 斯瑞尔，即海斯特·斯瑞尔(Hester Thrale，1741—1821)，日记作者、艺术赞助人，出身于威尔士一个显赫的家庭，她的第一任丈夫是富有的啤酒酿造商，两人住在斯特里汉姆(Streatham)，一共生了12个孩子。1781年，丈夫亡故，1784年，她嫁给了第二任丈夫、意大利音乐老师加布里埃尔·皮奥齐(Gabriel Piozzi)。斯瑞尔对塞缪尔·约翰逊产生了很大的影响，在她再嫁之后，两人的友谊也就此终结。

们也能感受到这种复杂性的本质——虽然与那些伟大的男性有很大的不同，以及女人中所蕴含的那种高度发展的创造能力所具有的力量。你走进一个房间——但你必须得穷尽英语语言的资源，而且所有迸发出来的词语都必须要打破规则、插上翅膀飞行才能得以存在，之后女性才可以说出在她进入一个房间后，到底发生了什么。房间与房间千差万别：它们或宁静或喧闹；或面朝大海，或者相反，面对着监狱的院子，有的晾满了洗过的衣服，有的被猫眼石和丝制品装点得生气蓬勃，有的坚硬如马鬃，有的则柔软似羽毛。你就只需要进入位于任何一条街道的任何一个房间，就能感受到那种极端复杂的女性气质的力量，毫无保留地扑面而来。怎么可能会出现其他情况呢？好几百万年以来，女性一直坐在房间内，因而到目前为止，所有的墙壁都早已浸透了她们的创造力，事实上，用于修建这些墙壁的砖头、灰泥早已不堪重负，这股力量不得不把自己应用在写作、画画、商业和政治等方面。但女性创造力与男性创造力极为不同。因此，我们必须得出这样的结论，如果这种创造力被抑制或浪费，那都将是无比可惜的，因为它是经过几个世纪最严格的规训后才获得的，是无可取代的。如果女人像男人那样写作，或者像男人那样生活，或者是看起来像男人一样，那都将会是万分遗憾的，因为世界如此辽阔、多样，如果两种性别尚显不足，又如何能够只存在一种性别呢？难道教育不应该是彰显差异，并巩固这些差异而不是两者之间的相似之处吗？事实上，我们之间存在着太多的相似性，而且如果一个探险者顺利归来，并带回来消息说，还有其他性别的人正透过其他树的枝叶，仰望其他天空，那么他就对人类做出了最伟大的贡献；此外，我们还额外获得了一个极大的乐趣，看着 × 教授冲过去拿他的码尺，来证明自己是“优越的”。

我的目光仍停留在页面上方不远的地方，心里想，仅仅是作为旁观者，玛丽·卡迈克尔就已经够忙的了。实际上，我担心她会忍不住想要成为自然主义小说家——我觉得这个类别没那么有趣——而不是带有沉思特性的小说家。有那么多的新事实需要她去观察。她不再需要把自己局限在中上层阶级的体面住宅中。她将不再是以仁慈善良或纡尊降贵的姿态，而是带着一种伙伴关系的精神，走进那些狭小的、散发着浓烈香味的房间里，那里坐着交际花、妓女和抱着哈巴狗的夫人。她们依旧坐在那里，穿着粗糙的、毫无特色的成衣，那是男性作家出于必要而披在她们肩膀上的。但是玛丽·卡迈克尔则会拿出自己的剪刀，把衣服的每一处腰身、每一个边角都剪裁得妥帖合身。当她改完，我们就将看到这些女性的真实面目，那必会是一番令人好奇的景象，但我们还得要稍等一下，因为玛丽·卡迈克尔仍旧会被那种面对“罪恶”时所产生的自我意识所负累，这种“罪恶”是我们的性野蛮状态所留下的遗产。她的双脚上仍旧戴着阶级这副廉价的、古老的镣铐。

然而，大部分的女性既非妓女，也非交际花；她们也不会坐在那里，在夏天的一整个下午都把哈巴狗紧紧抱在布满灰尘的天鹅绒上。但她们又在做什么呢？想到这里，我的脑海里就浮现了某一条长长的街道，位于河南岸的某个地方，那儿无数排房子中住着无数人。在想象的目光中，我看到了一个非常年迈的老夫人，正挽着一个中年女子——或许是她的女儿——的胳膊过马路，两人都穿着尤为体面的靴子和皮草大衣，对她们来说，下午装扮起来必定就像是一个仪式一样，而到了夏季几个月里，那些衣服也必定会被收好，放在有樟脑丸的衣柜里，年复一年。当路灯亮起时，她们过了马路

(因为黄昏是她们最钟爱的时间),就像她们年复一年必定会做的那样。年长者差不多已有八十岁;但如果有人问她,她的生命对她来说意味着什么,她会说,她记得街道因巴拉克拉瓦战役而被点亮,或者她听到人们在海德公园里鸣枪庆祝国王爱德华七世的出生[①]。而如果有人急切地渴望确定具体的日期和季节,问她,你在1868年4月5日或者是1875年11月2日在做什么,她定会一脸茫然地说,她什么也记不得了。因为所有的晚餐都煮好了;所有的盘子和杯子都洗刷完毕;孩子们都被送去了学校,然后步入了社会。什么都没有留下。所有一切都消失了。没有任何传记或历史会提上个只字片语。而小说则不可避免地撒了谎,虽然它们并非有意如此。

所有这些极度鲜为人知的生活仍旧需要被记录,我对着玛丽·卡迈克尔说,仿佛她就在我面前一样;我继续在脑海中穿过伦敦的各条街道,在想象中感受沉默的压力,未被记录的生活不断累积,无论这压力和累积来自站在街角的女人,她们两手叉腰,戒指陷在她们肿胀的手指上,边说话边做手势,就像莎士比亚的语言节奏一样;或者是来自叫卖紫罗兰和火柴的女孩,以及站在门洞下的干瘪老妇人;或者是来自游荡的姑娘们,她们的面庞,就像是在阳光和乌云下的浪花,随着男人的到来、女人的到来以及橱窗上闪烁的灯光而变幻不定。所有这些你都必须去探索,我对玛丽·卡迈克尔说,手里要牢牢握住你的火炬。最重要的是,你必须要用这火炬来照亮自己的灵魂——照亮它的深邃和肤浅,虚荣和慷慨,而且要说出你的美丽或平平相貌

① 巴拉克拉瓦战役(Battle of Balaclava),发生于1854年克里米亚战争期间;爱德华七世出生于1841年。

对你来说意味着什么，你与这个变幻莫测的世界之间是什么关系，这个世界是由手套、鞋子以及各色料子构成的，它们在药房中各式瓶子里飘过来的隐隐气味中上下摆动着，而这气味一直飘到挂满了各种布料的拱廊中，拱廊的地面是由仿大理石铺成的。因为在想象中，我已经进到了一个店铺中，店铺的地面上铺着黑白相间的地板，挂着各式彩带，美得惊人。我想，玛丽·卡迈克尔可以顺便看一眼这个景象，因为它很适合作为写作素材，就像安第斯山白雪皑皑的山峰或者岩石嶙峋的峡谷适合用于写作一样。还有一个站在柜台后面的女孩——我宁愿写关于她的真实故事，而不是写第一百五十部拿破仑的传记，或第七十部关于济慈和他对米尔顿倒装手段使用的研究著作，而这正是年迈的Z教授和他的同类们正在撰写的。接着，我十分谨慎地继续，我踮着脚尖（我太胆怯了，极为害怕曾几乎落在我自己肩上的鞭子），低声说，她也应该学会对另一个性别的虚荣——或者不如说是怪癖，这个词不具有那么强的冒犯性——一笑了之，而不带任何痛苦。因为在人的后脑勺，有一块一先令硬币大的地方，永远是自己目力所不能及之处。一个性别能为另一个性别所尽的一个很好的责任，就是去描述后脑勺上那块一先令硬币大小的部分。想一想女性从尤维纳里斯的评论中，从斯特林堡的批评中，获得了多少好处。[①]男性的思考中带着人性和卓越的才智，他们从最早期开始，就已经向女性指出了在她们后脑勺上的那块黑暗之地！而如果玛丽十分勇敢、十分诚实的话，她就会走到异性的身后，告诉我们她在那里发

① 尤维纳里斯（Decimus Junius Juvenalis）：又译“尤文纳尔”，罗马最著名的讽刺诗人，在第六首讽刺诗里攻击了女性；斯特林堡（August Strindberg，1849—1912）：瑞典剧作家，是一个厌恶女性的人。

现了什么。一幅完整的、真实的男人画像，是不可能完成的，除非哪个女人描述了那块一先令硬币大小的地方。伍德豪斯先生和卡索本先生[①]就属于那种大小和那种性质。当然了，这并不是说任何精神正常的人，都会鼓励她要不顾一切地为了特定的目的去讥讽，去嘲弄——文学显示了，但凡以这种精神写出来的东西，都是徒劳无益的。要真实，人们会说，这样写出来的作品就必定会有惊人的趣味。喜剧就必定会变得越来越丰富。新的事实也必定会被揭示。

然而，是时候再读一下这一页了。与其在这里揣测玛丽·卡迈克尔可能写了什么或应该写什么，不如看一看玛丽·卡迈克尔事实上究竟写了什么。于是我又开始读了下去。我记起自己之前对她颇有些抱怨。她破坏了简·奥斯丁的句子，因此没有给我机会能让我为自己无瑕疵的品位、挑剔的耳力而感到扬扬自得。嚷嚷着说"是的，是的，这样写十分不错；但简·奥斯丁比你写得好多了"，一点作用也没有，因为我不得不承认她们俩之间毫无相似性可言。接着，她走得更远，打破了顺序——被期待的秩序。或许她这样做是无意识的，只不过是赋予事物它们原本的秩序而已，就像一个女人会做的那样，如果她像一个女人那样写作的话。然而，结果多少有点令人困惑；你无法看到海浪慢慢涌起，无法看到危机将至。因此，我既不能因为自己深刻的情感，也不能因为自己拥有关于人心的渊博知识而感到自得。因为无论我在何时将要在寻常的地方感受寻常的事物，比如爱情，比如死亡，

① 伍德豪斯先生是简·奥斯丁小说《爱玛》里的女主人公爱玛的父亲；卡索本是乔治·艾略特小说《米德尔马契》中的人物。

那个令人懊恼的家伙就会猛地把我拉走，仿佛重要的东西就在前面不远处。这样一来，她就害得我无法使用那些华丽的辞藻，高谈阔论什么“基本情感”“人性的共同特征”“人的内心深处”，以及其他所有支撑我们信念的词语，这种信念就是，无论我们表面上看起来如何聪明，但在心底里我们都是十分严肃、十分深刻，而且十分仁慈的。她让我感觉到，人不是严肃的、深刻的、仁慈的，恰恰相反——这个想法远远没有那么吸引人——或许，人只不过是怠于思考，且因循传统的。

但我接着读了下去，而且注意到了其他一些事实。她不是个“天才”，这点显而易见。她没有那些伟大的前辈，包括温切尔西夫人、夏洛蒂·勃朗特、艾米莉·勃朗特、简·奥斯丁以及乔治·艾略特等等，对大自然的热爱、火热的想象、狂野的诗意、绝妙的才思和深沉的智慧；她也无法像多萝西·奥斯本那样富有旋律、带着尊严写作——实际上她不过是个聪明的女子而已，她的书毫无疑问会在十年内被出版商们捣成纸浆。然而，她又拥有比她才华更出众的女性——即便是半个世纪之前亦是如此——所不具有的一些优势。男性对她来说不再是“对立的派别”；她不需要再浪费时间指责他们；她不需要爬到屋顶上，因为渴望她无法企及的旅行、经验以及对世界和人的了解，而破坏自己内心的宁静。恐惧和憎恶几乎消失殆尽，或者它们的痕迹只显示在对自由所催生的喜悦稍显夸张的描述中，在描写异性时倾向于表现出挖苦、讥讽，而不是浪漫。这样一来，毫无疑问的是，作为一个小说家，她享受到了一些上层社会自然而然的优势。她的感受能力范围很广，充满热情且又无拘无束。即便是微不可查的触碰，也能做出反应。像一株刚刚站立在半空中的植物一样，它尽情观看眼前所能看到的一切，尽情聆听所能听到的一切。这种感受能力也以十分微妙、十分好奇的方式，在几乎全是未知或未有记录的事物中游动；它偶然发现了小事，而且展示了或许这些小事其实一点也不小。它把隐藏起来的事情揭示出来，并且让人想弄明白到底出于什么需求，要把它们隐藏起来。尽管她显得笨拙，而且不具有那种悠久的写作传统所养成的无意识的举止，正是这种传统让萨克雷或兰姆笔尖最轻微地一动，也能让耳朵感受到愉悦，但是她——我开始认为——掌握了第一个要义；她像女人一样写作，但像一个已经忘记了自己是女人的女人那样写作，这样她的书页里充满了那种令人好奇的性别特征，而这种特征只有当性别根本意识不到自己的存在时才会显现。

所有这些都是有益的。然而，除非她能够从转瞬即逝的个人因素中，建构起永恒的宏伟建筑，而这个建筑至今仍未被倾覆，否则无论是丰富的感觉能力还是敏锐的洞察力，都没有什么价值可言。我之前已经说过，我会等待，直到她直面"一个情境"。我的意思是，直到她通过传唤、召唤、集合，证明了她不只是撇去生活表面的浮渣，而是已经探查到生活的深处。而现在是时候了，她在某一个时刻可以对自己说：此刻不用做任何暴力的事情，我也能展示所有这些事物所具有的意义。而她会开始——这种活跃是多么显露无遗啊！——传唤、召唤，而在记忆中会浮现已经差不多被遗忘的、其他章节中被遗漏的事情，又或是十分琐碎的事情。她会以一种自然而然的方式，比如，当某个人在缝补或者吸烟斗的时候，让人们感知到这些事情的存在，而当她继续写下去的时候，读者会感到，仿佛他们已经达到了世界的巅峰，并俯瞰整个世界十分庄严地铺展开来。

不管怎样，她在做出尝试。当我望着她不断地做着实验，我看到了（但希望她没有看到）主教和院长、博士和教授、家长和教师，都在冲着她大声地发出警告，给她忠告。你不能做这个，你不应该做那个！只有研究员和学者才可以走到这块草坪上！没有引荐信，女士们不得入内！充满抱负、举止优雅的女性小说家走这边！就这样，他们不断给她施加压力，就像在赛马场上的障碍物旁边的人群，而她面临的考验就是要越过障碍物，不能向左看，也不能向右看。若是你停下来咒骂，你就输了，我对她说；同样地，若是你停下来大笑，也同样是输。迟疑或失误，那你就完了。只能想着跳过去，我恳求她，就好像我已经把自己所有的家底都压在了她身上一样；而她像一只鸟儿那样飞了过去。但接下来还有一个障碍物，然后还有下一个。她是否具有耐力，我不确定，因为那些鼓掌、喊叫都让我精神紧张。但她尽力了。考虑到玛丽·卡迈克尔不是什么天才，而是一个无名的女孩，在卧室兼起居室中，在并不拥有充分的、令人满意的条件——时间、金钱和闲情逸致——的情况下，写出了她的第一部小说，因此她能写成这样，也算差强人意，我认为。

再给她一百年时间，我读着最后一章得出结论——人们的鼻子和裸露的肩膀在星空的映衬下一览无余，因为有人突然把客厅的窗帘拉开了——给她一间自己的房间和一年五百英镑的生活费，允许她说出自己的想法，并且删减掉她小说中的一半内容，有一天她就会写出一部更好的作品。再过一百年，她就会成为诗人，我这样说着，把玛丽·卡迈克尔写的《人生的冒险》放回到书架的末端。

第六章

第二天，十月的晨光，像一束束弥漫着灰尘的光柱，透过未拉上窗帘的窗子照射进来，而街上传来了车辆行人的嘈杂声。伦敦再一次上紧了发条，工厂躁动起来了，机器轰鸣起来了。读了这么多书之后，你忍不住想要望向窗外，看看1928年10月26日清晨的伦敦在做什么。那么，伦敦在做什么呢？似乎没有人在读《安东尼与克莉奥佩特拉》。伦敦似乎对莎士比亚的戏剧完全不感兴趣。根本没人会在意小说的未来、诗歌的死亡，或者一个普通的女人开发出了一种能完全表达她自己思想的散文风格，我也不怪他们。假如你把关于这些事情的所有观点，都用粉笔写在人行道上，也不会有人弯下腰来去读。不用半小时，那些冷漠的、匆匆而过的脚步就会把这些字迹抹得一干二净。这儿走过来一个跑腿的童仆，那儿一个女人牵着一条狗。伦敦街道的迷人之处就在于，没有两个人完全相像；每一个人似乎都有自己的某个私人事务必须要处理。有些人拿着小包，一副生意人派头；有些是流浪汉，用手里的棍子把住宅的庭院围栏敲得咯咯作响；有些是和善可亲的人，对他们来说街道就像是一个俱乐部聚会室一样，他们跟坐在车里的人大声打招呼，不用别人问，就会主动告知信息。还有看到正在举办的葬礼，

人们突然想起自己的身体也终究会消亡，便举帽致意。一个看起来十分尊贵的绅士缓步走下台阶，然后又停了下来，避免撞上一位手忙脚乱的女士，这位女士不知道用什么办法弄到了一件华贵的皮大衣，手里捧着一束帕尔玛紫罗兰。这些人看起来各不相干，只关注自身，各自做着各自的事情。

此刻，所有车辆行人都戛然而止，一切都归于暂时的平静，这在伦敦并不少见。街道上没有什么动静，没有人经过。在街道的尽头，一片叶子与悬铃木分离开来，在这平静和暂停中落了下来。不知怎的，它的飘落极具象征性，指向了事物中一种被人忽视的力量。它似乎指向了一条隐秘不可见的河，它流过街角，顺街道而下，把人们裹挟进来，随着漩涡流动，就像是牛桥的河流载着那位坐在船里的学生，连同枯萎的落叶向前行进一样。而现在，它正把一个穿着漆皮靴子的女孩从街道的一边送到斜对角的另一边，接下来是一位穿着紫褐色大衣的年轻男子；它也带来了一辆出租车；它把三者聚集起来，恰恰就在我窗子正下方的一个地点；这儿出租车停下来了；那个女孩和那个年轻男子停下来了；然后他们上了出租车；接着出租车缓缓开走了，仿佛它被别的地方的水流带走了一样。

这样的景象十分寻常；奇特的是，我的想象赋予了它一种有韵律的秩序；同样奇特的是，两个人上了出租车这样再寻常不过的景象，竟然有一种力量来传递出一种事实，即他们看起来心满意足。看到两个人沿街走过来，在街角处碰面，似乎舒缓了某种精神上的压力，我心想，看着出租车转了个弯消失在视野里。或许，认为一个性别与另一个性别迥然不同，是件费力的事情，而我过去两天一直是这样在思考。这种思考方式会扰乱思想的统一性。而在看到两个人来到一起，共同上了一辆出租车之后，我就不必费力思考性别差异了，那种统一性又恢复了。人的大脑果然是一个十分神秘的器官，我心想，把探出的脑袋从窗外缩了回来，我们对大脑一无所知，然而又完全依赖它。为什么我能感觉到脑袋里有分离、有对立，就像是一种显而易见的原因造成了身体上的紧张一样？人们所说的“思想的统一性”是什么意思？我陷入沉思，因为很显然，大脑具有一种强大的能力，它随时随地都可以集中注意力，似乎不仅只具有一种存在状态。比如，它可以把自己从街上的人群中分离开来，透过上面的一扇窗户低头看向他们，却不认为自己与他们是一体的。或者它可以与其他人同时思考，在人群中等着听某个消息被大声读出来，就是一个例子。它也能通过自己的父亲或者母亲，来思考过往，正如我说过的，一个写作的女性是通过母亲来思考过往的。而如果你是个女子，你就时常会为意识突然发生分裂而感到惊讶，比如在走向白厅[①]时，她原本是那一文明自然而然的继承者，但此时却恰恰相反，她变成了外在于这一文明的一种存在，既显得疏离又具有批判性。很显然，大脑总是改变自己的聚焦点，并且把这个世界置于各种不同的视角之下。但是这些思想状态中的其中一些，即便是自发地被采纳，也会比其他一些更令人不舒服。为了让自己能够持续地保有那些思想状态，人们往往会无意识地隐瞒住某些东西，久而久之，这种压抑就会变得越来越费力。但也许有些思想状态，人们可以毫不费力地继续下去，因为不需要隐瞒任何东西。而这也许，我从窗户边回来时心想，就是其中的一种。因为毫无疑问的是，当我看到这

① 白厅，又译“怀特霍尔大街”（Whitehall），是伦敦的一条街道，连接议会大厦和唐宁街，英国政府机关多设在这里，因此这条街成了英国行政部门的代称。

两人上了出租车，一度被割裂的大脑，仿佛又重新合并在一处，而且是一种自然而然的融合。最明显的原因是，两个性别之间的协作才是极其自然的。人们会有一种深刻的、也许是非理性的本能，它会青睐这样一种理论，即男人和女人的结合会产生一种最令人满意的状态，最完整的幸福。然而看到两个人进到出租车里所带给我的满足感，也让我开始追问，在人的头脑中是否也存在着两种性别，分别对应着生理上的性别，这两种性别是否也需要联合起来才能得到完整的满足和幸福？接着，我继续用一种外行的视角勾勒了一种灵魂计划，这样在我们每个人的大脑中都有两种力量存在，一种是男性的，一种是女性的；在男人的大脑中，男性的力量控制着女性的力量，而在女性的大脑中，女性的力量控制着男性的力量。正常的、舒适的状态是，两个人和谐地生活在一起，并在精神上相互合作。如果你是一个男性，你大脑中的女性部分依旧在起作用；而一个女性也必须在大脑中与男性交往。当柯勒律治[①]说，一个伟大的头脑必须是雌雄同体的，或许就是这个意思。只有当这种融合发生时，大脑才会得到充分的滋养，从而得以运用它所有的官能。我想，或许，一个只具有男性力量的大脑是无法创作的，就像一个只具有女性力量的大脑无法创作一样。但最好能暂停一下，读上一两本书，检验一下人们所说的有女性气质的男人，以及反过来的，有男性气质的女人，究竟是什么意思。

当柯勒律治说一个伟大的头脑是雌雄同体的时候，他的意思显然不是

---

① 柯勒律治（Samuel Taylor Coleridge，1772—1834）：英国浪漫主义诗人、评论家，主要代表作为《古舟子咏》《忽必烈汗》。

指对女性怀有什么特别的同情之心的大脑；也不是指一个从事她们的事业或者全心全意去解读她们的大脑。或许，比起单一性别的大脑，雌雄同体的大脑更少倾向于去做出这些区分。他的意思或许是，雌雄同体的大脑是能产生共鸣的、容易渗透的；它能够不受阻碍地传递情感；它在本质上是具有创造力的、炽热的、不可分割的。实际上，我们可以追溯到莎士比亚的大脑，它就是这种雌雄同体的大脑，是具有女性气质的男性的大脑，虽然我们不可能说出莎士比亚对女性的想法。判断大脑已经完全发展成熟的一个标准，就是它不会特别地或区别地看待性别，如果这一点是真的，那么比起以前，现在要达到这种状态得有多困难啊。这里，我来到了在世作家的作品前，停了下来，并且在想，这个事实是不是一直以来让我感到困惑的那个事物的根源。没有哪一个时代像我们今天的时代一样，对性别有如此强烈的意识；大英博物馆里那些男人写的关于女性的不计其数的著作，就是一个明证。这显然要归咎于女性选举权运动。这场运动势必在男性心中唤起了一种尤为强烈的欲望，要重新确立自己的地位；势必让他们强调自己的性别以及特点，若不是受到挑战，他们是不会去费力思考的。如果此前他们从未被挑战过，那么当他们遭到挑战时，哪怕挑战者不过是几个戴着黑色帽子的女人，他们也会变本加厉地还以颜色。这也许可以解释我记得在这里找到的一些特征，想到此处，我从书架上拿下一本A先生新写的小说，他年轻有为，而且很显然，也广受评论者们好评。我翻开这本书。实际上，再次阅读男性写的作品，是令人愉快的。在读过女性的作品之后，这种写作显得直截了当，简单率直。这一点暗示着他思想的自由，人身的自由，以及绝对的自信。在面对这样的头脑——它得到了充分滋养，接受了良好教育，享有充分自由，并且从来没有被阻碍过、反对过，而是自出生时起就拥有全部的自由，朝着喜欢的任何方向伸展——人们感受到的是一种身体上的健康。所有这些都让人羡慕。然而，读了一两章之后，一个阴影似乎横亘在书页上面。这是一道黑暗的直杠，它的形状看起来像是字母I[①]。你开始左躲右闪，想要看一下这阴影背后究竟是什么景象。那到底是一棵树，还是一个在走路的女人，我并不十分确定。而你又总是会被拉回到字母I。你开始感到厌倦I。虽然这个I是个最令人尊重的I，诚实又合情理，像坚果一样坚硬，几个世纪以来，良好的教育和良好的滋养把它打磨出光泽。我从内心深处尊重并羡慕那个I。但——这儿我又翻了一两页，想要找寻某种别的东西——最糟糕的是，在这个字母I的阴影中，所有的一切都像薄雾一样毫无形状。那是一棵树吗？不，那是一个女人。但……她身体里没有一根骨头，我思考着，看着菲比（因为这是她的名字）走过海滩。接着艾伦站了起来，而艾伦的身影立刻覆盖住了菲比。因为艾伦有见解，菲比则被他如潮水般涌来的见解淹没了。接着，我想，艾伦有激情；这里，我一页页飞速地翻着书，感到危机就要降临，而事实也正是如此。危机就发生在阳光下的海滩上。它被表现得非常直白。它被表现得活力十足。没有什么能比这个更不恰当的了。但是……我已经说了太多的“但是”。你不可能再继续说“但是”。我这样责备着自己，你必须要以某种方式说完这个句子。那就这么说吧，“但是——我感到厌烦！”但是为什么我会感到厌烦？部分是因为字母I无处不在且又枯燥乏味，就像是一棵巨大的山毛榉树，所有的一切都在它的阴影之下。没

① 英文字母I，也是“我”的意思。

有什么能在那里生长。而部分是因为某种更鲜为人知的原因。A先生的头脑中，似乎存在着某种障碍、某种阻滞，它堵塞了创造力之泉的喷涌，并把它限定在狭窄的范围之内。想到牛桥的午餐宴会，以及香烟的烟灰、马恩岛猫、丁尼生、克里斯蒂娜·罗塞蒂等一连串记忆，阻滞似乎就出现在那里。当菲比穿过沙滩时，他不再低声哼唱，“一颗璀璨的泪珠从门前的西番莲花上滑落”，而当艾伦靠近时，她也不再回应，“我的心像一只歌唱的小鸟，它的窝搭在浇灌过的幼枝间”，他能做什么呢？诚实得如同白昼，合理得如同太阳，他能做的只剩一件事情。而他也的确做了这件事，公正地说，是反反复复地（我翻着书页，心想），一而再，再而三地做了这件事。这似乎有那么点乏味，我补充道，意识到这种忏悔在本质上就是惹人厌烦的。莎士比亚的粗俗不雅，拔除了人们头脑之中的许多其他事物，而且一点也不乏味。不过，莎士比亚是出于乐趣而这么做；A先生，如护士们所说的那样，是有意为之。他这么做是为了抗议。他坚定地维护自己的优越性，以此抗议另一个性别怎么能跟他平等。因此他受到阻碍，遭到抑制，具有自我意识，如果莎士比亚也认识克拉夫小姐和戴维斯小姐[①]的话，他或许也会如此这般。毫无疑问，如果女性运动开始于16世纪而不是19世纪，伊丽莎白时代的文学会与它现在的面貌大不相同。

如果大脑有两个方面这一理论能站得住脚的话，那么这就意味着雄性特征现在变得具有自我意识——也就是说，男人现在只是在用他们大脑中

① 克拉夫小姐和戴维斯小姐：英国女性教育的倡导者、推动者，分别担任剑桥纽纳姆学院和格顿学院的院长。

的男性一面进行写作。女人读这些书是个错误，因为她不可避免地会去寻找她永远找不到的东西。人们最为怀念的是暗示的力量，我这样想着，同时把评论家B先生的著作拿在手里，非常细致、非常尽责地阅读他关于诗歌艺术的评论。这些评论写得十分出色，言辞犀利且富有学识；但问题是，他的情感再也没能传达出来，他的大脑似乎被分成了各个不同的房间，没有任何声音可以从一间传到另外一间。因此，当人们记住B先生写的一个句子时，它扑通摔在地上——死了；但当人们记住柯勒律治写的一个句子时，它会炸开来，催生出各种各样其他的思想，唯有这种写作，才配称为是拥有了不朽生命的奥秘。

然而无论原因是什么，这必定是会让人感到痛惜的事实。因为这意味着——这时我已经走到了高尔斯华绥先生和吉卜林先生[①]的一排排作品跟前——我们最伟大的在世作家所写的一些最杰出的作品都未被理睬。无论多么努力，一个女性都无法在那些书中找到那个不朽生命的源泉，虽然评论者都向她保证，它就在那里。这不仅仅是因为他们赞美男性价值观，强化男性价值观并且描述男性世界；而且还因为这些书中所弥漫的那种情感，对于一个女人而言是无法理解的。在还远未到结尾时，人们就开始说，那情感来了，它在酝酿，它马上就要在人的头上爆发了。那幅画面将会掉落在老乔里恩[②]的头上，他会死于震惊，那位老牧师会为他念上几句悼念之词，泰晤

① 高尔斯华绥（John Galsworthy，1867—1933）：英国小说家、剧作家，代表作品为《福尔赛世家》，1932年获得诺贝尔文学奖；吉卜林（Joseph Rudyard Kipling，1865—1936）：英国小说家、短篇小说家、诗人，是19世纪末、20世纪初英国最受欢迎的作家之一，1907年获得诺贝尔文学奖，是第一位获此殊荣的用英语写作的作家。

② 老乔里恩（Jolyon）：《福尔赛世家》里的一个人物。

士河上所有的天鹅都会突然齐声歌唱。但还没等这一切发生，人们就已经匆忙逃开，躲进醋栗灌木丛中，因为那种对男人来说显得如此深沉、如此细腻、如此具有象征意义的情感，只会让女人感到诧异而已。吉卜林笔下的那些转过身去的军官亦是如此；还有他那些撒种子的播种人，他的那些独自做工的人，以及那面旗子，统统都是如此——在看到所有这些大写字母[①]时，人们会感到脸红，就好像是他们在偷听着只有男人参加的狂欢聚会时，被抓了个正着。事实是，无论是高尔斯华绥先生还是吉卜林先生，在他们身上都找不到一丁点儿女性气质。因此，在女人看来，他们具有我们不妨笼统地称之为粗糙的、不成熟的特点。他们缺乏启发的力量。而如果一本书缺乏启发力量，无论它多么用力地敲击大脑的表层，都无法渗透其内部。

正是在这种焦躁不安的情绪中，我把书拿下来，然后一眼也没看就又放回去，我开始想象纯粹的、武断自信的男性气质的未来时代，正如教授们的信件（沃尔特·罗利爵士[②]的信就是例子）预示的那样，而意大利的统治者们已经将那个时代变为现实。因为在罗马，那种十足的男性气质的意识，注定要给你留下深刻的印象；不管十足的男性气质对国家而言具有怎样的价值，你可能都会质疑它对诗歌艺术所产生的影响。据报纸报道，不管怎样，在意大利，人们对小说的状况表现出某种担忧。学者们曾举办过一次会议，其主题就是“发展意大利小说”。几天前，“那些出身尊贵，或者在金融界、

---

① 原文中播种人、种子、人、做工、旗子这些英文单词的首字母都是大写的。

② 沃尔特·罗利爵士（Sir Walter Raleigh，1861—1922）：英国诗人、作家、学者，曾在印度的一所大学教授英国文学，后在英国的利物浦大学、苏格兰的格拉斯哥大学教授现代文学、英语语言文学课程，1904年成为牛津大学英国文学系第一任系主任，1911年被授爵。

生产制造业或者法西斯团体里的知名人士”济济一堂，共同商讨这一事宜，并给“领袖”[①]发了一封电报，表达了这样的希望，希望“法西斯主义时代能很快诞生一位配得上它的诗人”。我们所有人或许都会虔诚地抱持同一个希望，但值得怀疑的是，诗歌是否能在孵化器里被孵化出来。诗歌不仅有父亲，还应该有母亲。法西斯主义诗歌，恐怕会是一个可怕的流产的小胎儿，就像人们在某个郡县博物馆的玻璃瓶子里看到的那样。据说，这样的畸胎从来活不长久；人们从未看到那样的天才在田地里割草。一个身体上长了两个头，并不能延长寿命。

然而，如果人们急于追究责任的话，对于发生的这一切，无论哪一个性别都难辞其咎。所有的教唆者和改革者都要承担责任：贝斯伯勒夫人，当她向格兰维尔勋爵说谎的时候，要承担责任；戴维斯小姐，当她告诉格雷格先生真相的时候，亦是如此。所有那些引起人们关注性别意识的人都要负责任，因为正是他们迫使我——当我想要把自己的才能都倾注到一本书里的时候——去在那个快乐的时代里寻找它，那是在戴维斯小姐和克拉夫小姐出生前的时代，是作家使用他大脑的两面来进行创作的时代。这样一来，我们就必须要回到莎士比亚，因为他是雌雄同体的；济慈、斯特恩、考珀、兰姆和柯勒律治也都是雌雄同体的。雪莱可能是无性别的。弥尔顿和本·琼森则是男性气质稍微过剩了一些。华兹华斯和托尔斯泰也是如此。在我们的时代，普鲁斯特完全是雌雄同体的，如若不是女性气质稍稍嫌多的话。不过，这一弱点太过于罕见，令我们无法抱怨，因为如果没有那种类型的某种

① 指墨索里尼。

混合，智性似乎就会占据主导地位，而大脑中的其他官能就会僵化，失去创造力。然而，我宽慰自己说，这或许只是一个暂时的阶段；我说了这么多，都是为了完成我做出的允诺，要向你们描述我的一连串思考过程，这个过程或许会显得过时；在我眼前如火焰般燃烧的许多东西，都会让你们感到可疑，那是因为你们还尚未成年。

即便如此，我在这里想写出的第一个句子——我这样说着，走到了书桌前，并拿起了那张写着“女性和小说”这个标题的纸——恰恰就是：任何人，在写作的时候只想着自己的性别，都是致命的。只做纯粹的男人或纯粹的女人都是致命的，必须要做男性化的女人或女性化的男人。女性写作，但凡强调任何委屈，即便是一笔带过；或者要为某一个事业去辩护，即便是带着正义感；或者有意识地用女人的身份说话，无论是在什么方面，都是致命的。而我所说的致命，可不是使用了什么修辞手法；因为带着那种有意识的偏见所写的任何作品，都是注定要死亡的。它无法得到任何营养。才华横溢且颇有影响、强大有力且技法娴熟，这样的印象可能只会持续一两天，黄昏降临时，它必将枯萎；它无法在其他人的头脑中生长。在创造的艺术得以完成之前，女人和男人之间的某种协作必须在头脑中发生。对立双方的结合必须要达到圆满。如果要让我们意识到，作家正在完整地、充分地传递自己的经验，他的整个心灵必须保持完全的开放。必须要自由，必须要平静。不能让任何一个车轮咯吱作响，不能让任何一道灯光闪动。窗帘一定要严严实实地拉上。我想，一旦作家的经历结束，就必须躺下来，让他的思想在黑暗中来庆贺自己的婚礼。他既不应该看，也不应该质疑正在发生的事情。相反，他必须从一朵玫瑰上摘下花瓣，或者看着天鹅平静地顺着河流漂浮而下。我又一次看到了水流，它载着小船和那个学生，还有枯死的落叶；出租车载着那个男人和那个女人，我看到他们穿过街道聚到一起，而水流把他们裹挟而去，汇入了巨大的洪流中，我边思考，边倾听着伦敦从远处传来的车辆人流的喧嚣。

到了这儿，玛丽·比顿停了下来。她已经告诉你们她是如何得出这样的结论的——一个平淡无奇的结论——如果你们要写小说或诗歌，必须要有一年五百英镑的收入，还要有一间可以锁得上门的房间。她已经尽力展示了让她产生这种想法的思考过程和印象。她已经请求你们追随她，差点和一个学监撞个满怀，在这儿用午餐，在那儿吃晚餐，在大英博物馆里画画，从书架上把书拿下来，看着窗外。在她做所有这些事情的过程中，你们无疑一直在观察她的缺点和弱点，而且也一直在判定这些缺点和弱点对她的观点产生了怎样的影响。你们一直在反驳她，而且凭借你们自己的喜好，对她的观点做出增添或删减。所有的一切理应如此，因为在面对这样一个问题时，要想找到真相，就必须把许多不同的错误同时摆在一起。而现在我将会以自己本人的身份来结束这次演讲，我预言会有两种批评，这两种批评会十分明显，因此你们几乎不会错过不谈。

你们或许会说，对于两个性别（即便是作为作家时）所各自具有的优点，你没有表达任何观点。我这是有意为之，因为，即便是到了要做这样的评估的时刻——而且哪怕是在这一时刻，了解女性有多少钱以及有多少房间，远比对她们的能力进行理论化要重要得多——即便是到了这样的时候，我也不相信才能，不论是思想上的还是性格上的，能像糖和黄油一样被称量，即便是在剑桥也不行，虽然在剑桥他们是如此擅长将人分门别类，把帽子戴在他们头上，并把字母写在他们名字的后面。我相信，即使是你们在

《惠特克年鉴》中将会发现的“优先顺序表”[①]，也不能代表着最终的价值排序，或者也没有什么充分的理由可以认定，“洗礼指挥官”[②]最终会走在“精神病主事官”[③]后面去赴宴。所有这一切使一个性别与另一个性别对阵，使一种属性与另一种属性相斗；所有这种自称具有优越性，而归咎于别人的低劣性，都是属于人类存在中的私立学校阶段，这一阶段仍有“各方”存在，一方打败另一方仍旧是必要的，而且走到讲台上，从校长本人手中接过一个装饰华丽的罐子，仍然具有重大意义。随着人们逐渐成熟，他们也就不再相信各方，也不再相信校长或装饰华丽的罐子。无论如何，就书籍而言，要把优点的标签贴在上面而又不让它们掉落下来，是十分困难的，这一点众所周知。对当下文学所做的评论，不就持续证明了做出这种判断的困难吗？“这本伟大的书”，“这本毫无价值的书”，同样一本书被冠以两个截然不同的名称。赞美和指责同样都是毫无意义的。不，尽管评估是一种令人愉快的消遣方式，但它又是所有工作中最徒劳无益的，而且要顺从评估者们所做出的判定，是所有态度中最具奴性的。只要你写自己想要写的内容，那就是最重要的；而至于它是在几个时代还是只是几个小时内显得重要，那谁也

---

① 《惠特克年鉴》中有专门章节对英国贵族、上层社会等依据社会规约进行排序，包括在正式场合出现的顺序、所用的称呼、座位的顺序、离场的顺序等等。

② 洗礼勋章（Order of the Bath）是1725年由乔治一世创立的英国骑士勋章，名称来源于中世纪任命骑士的烦琐礼仪，其中就包含了“洗浴”这一最基本的程序，依据基督教传统，洗浴意味着“净化”。以这种方式选拔出来的骑士被称为“洗礼骑士”，这一骑士团的最高领袖就是君主，下面有三个等级，而“指挥官”就是其中的第二个等级。

③ 精神病主事官（Master in Lunacy）是根据英国1878年通过的《精神病法案》以及此后通过的一系列相关法案所任命的政府官员，他们依据法院裁决，有权监管、处置精神病患者的财产、资产等。

说不准。但要牺牲掉长在你自己的脑袋上的一根头发，牺牲掉它的些许颜色，只是为了服从某个手里捧着银罐子的校长，或者是某个袖子上挂着一个码尺的教授，都是最可耻的背叛，而相较之下，牺牲财富和贞洁曾被认为是人类最大的灾难，但其实只不过像是被跳蚤咬了一口而已。

接下来，我想，你们可能要反对的是，我所说的话太过于强调物质的重要性。即便给象征主义留足了充分的阐释余地，即每年五百英镑代表着沉思的力量，而门上的锁则意味着独立思考的力量，你们可能仍然会说，心灵应该超越这些物质的东西；伟大的诗人时常是物质贫乏的人。让我来给你们引用一下你们自己的文学教授的话，在一个诗人是如何造就出来的这个问题上，他比我懂得多。阿瑟·奎勒–库奇爵士这样写道：[1]

“近百年来，伟大诗歌的姓氏是什么？柯勒律治、华兹华斯、拜伦、雪莱、兰德、济慈、丁尼生、勃朗宁、阿诺德、莫里斯、罗塞蒂、斯温伯恩——这里，我们不再一一列举。所有这些人之中，除了济慈、勃朗宁、罗塞蒂之外，其余都在大学里受过教育，而在此三者中，济慈死得过早，在风华正茂时死去，他是唯一一个家境不富裕的。我这样说可能会显得有些残忍，也会让人难过：然而真正的事实就是如此。可见，不论贫富，诗歌才能都会同样恣意发展这个理论并不正确。事实上，在上面列举的十二位之中，有九位都在大学里受过教育：这意味着，他们都以某种方式获得了足够的金钱，从而接受了英格兰所能给予的最好的教育。事实上，剩下的三位中，你们知道勃朗宁家境富裕，而且我敢说，如果他家境不富裕，他就没有机会写出《索尔》或《环与

① 阿瑟·奎勒–库奇爵士：《写作的艺术》。——原注

书》，就如同倘若不是因为自己的父亲生意兴隆的话，拉斯金[1]就无法写出《现代画家》一样。罗塞蒂有一小笔私人收入；况且，除此之外，他还画画。那么剩下的就只有济慈了；阿特洛波斯[2]在他年纪轻轻时就杀死了他，就像她把约翰·克莱尔[3]杀死在一个精神病院里一样，而詹姆斯·汤姆森[4]则是服用鸦片酊来麻醉沮丧的心灵而死亡。虽然这些都是糟糕透顶的事实，但我们必须面对。作为一个国家，无论承认这一点会多么有损名誉，但一个无可争辩的事实是，由于我们的联邦所犯的某个错误，贫穷的诗人到现在都还是没有任何机会，就像在这两百年来一直都没有机会一样。相信我——十年来我的大部分时间都花在观察大约三百二十所小学上，我们可能一直在鼓吹民主，但实际上，英格兰的一个穷孩子就像雅典奴隶的儿子一样，没有机会得到解放，从而进入一种思想自由之中，正是这种自由才能产生伟大的作品。”

没有人能说得比这更直白了。“贫穷的诗人到现在都还是没有任何机会，就像在这两百年来一直都没有机会一样……英格兰的一个穷孩子就像雅典奴隶的儿子一样，没有机会得到解放，从而进入一种思想自由之中，正是这种自由才能产生伟大的作品。”确实如此。思想自由依赖于物质性的东西。诗歌又依赖思想自由。而女性一直都是贫穷的，不只是在这两百年

---

① 拉斯金(John Ruskin，1819—1900)，又译为“罗斯金”，英国作家、艺术家、评论家、思想家，代表作品有《现代画家》《建筑学七灯》《威尼斯之石》《建筑与绘画》《芝麻与百合》等等。

② 阿特洛波斯(Atropos)：古希腊神话中手握生杀大权的命运三女神之一。

③ 约翰·克莱尔(John Clare，1793—1864)：英国农民诗人，属于浪漫主义流派。

④ 詹姆斯·汤姆森(James Thomson，1700—1748)：苏格兰诗人、剧作家，代表作包括诗集《四季》和《懒惰城堡》。

的时间，而是有史以来就是如此。女性所享有的思想自由比雅典奴隶的儿子们还要少。因此，女性没有任何机会写诗。这也是为什么我如此强调金钱和一间自己的房间。然而，由于过去那些无名女性的辛苦劳作（我真希望我们能对她们多一些了解），也由于两次战争（这点会让人感到奇怪）——克里米亚战争，它使弗洛伦斯·南丁格尔走出了客厅，而大约六十年之后的欧洲战争，为普通女性打开了大门——正是因为这两个原因，那些弊端才得以改善。否则的话，你们今天晚上可能都无法出现在这里，而你们一年挣五百英镑的机会会是极端渺茫的，虽然我担心到了现在也未必一定能实现。

也许你们仍然会提出质疑，为什么你把女性著书立说看得如此重要？既然，据你所说，写作需要投入那么多的努力，或许还会导致对自己姑母的谋杀[①]，也几乎必然会让你吃午餐迟到，而且或许也会让你与一些优秀的研究者陷入十分严重的争执？我的动机，请允许我承认，部分是自私的。就像大部分未受教育的英国女性一样，我喜欢阅读——我喜欢大量阅读。近来，我的阅读"食谱"已经变得有些单调了；太多历史都是写战争的；太多传记都是写伟大的男性的；诗歌已经显得，我认为，毫无新意；而小说——不过我已经充分地暴露了我作为一名现代小说评论家的无能，所以关于这一点就不再多说了。因此，我请求你们去写各种各样的书，尽情尝试各种主题，不论它有多么琐碎，又或者是多么宏大。不论用什么方法，我希望你们自己能拥有足够多的钱，去旅行，去无所事事地闲逛，去思索世界的未来或过去，

① 指上文提到的，她的姑母骑马时不幸坠马身亡，把遗产留给了她。

去从书籍中获得梦想，在街角游荡，并且把思想的鱼线深深地沉入河流中。我绝不会把你们限制在小说领域。如果你们想要让我喜欢，让成千上万个像我一样的人喜欢，你们就会去写游记、历险记，写研究著作和学术专著，写历史书和传记，写批评、哲学和科学著作。这样一来，小说艺术必定会从你们这里获益匪浅。因为书籍之间总有一种方式会相互影响。与诗歌和哲学紧紧靠在一起的话，小说的未来将会更美好。除此之外，如果你们思考一下任何一个过去的伟大人物，像萨福，像紫式部①，像艾米莉·勃朗特，你们都会发现，她既是一个继承者，也是一个开拓者，而她之所以能够存在，是因为女性已经养成了自然而然进行写作的习惯；因此，即便只是作为诗歌的序曲，你们的写作也将会是弥足珍贵的。

但当我通过这些笔记来回顾，并批评我在做这些笔记时所展示的思路时，我发现自己的动机并非全然是自私的。在这些评论和东拉西扯的漫谈中，贯穿着一个信念——或者说是一种本能？——也就是，好书令人心驰神往，而好的作家，即便是他们展示出人性邪恶的方方面面，仍旧是好人。因此，当我请求你们去写更多书时，我是竭力劝告你们去做对自己有益的事情，而且也是对整个世界有益的事情。如何去证明这种本能或信念是正确的，我不知道，因为如果你没有受过大学教育的话，哲学词汇往往是会欺骗你的。“现实”是什么意思？它似乎是指某种十分飘忽不定、十分不可靠的东西——时而现身于尘土飞扬的路上，时而躲藏在街道上的一个报纸碎片

① 紫式部（Murasaki Shikibu，约978—约1016）：日本平安时代女作家，宫中女官，主要作品有《源氏物语》。伍尔夫写作此书时，英国翻译家、著名的汉学家亚瑟·威利（Arthur Waley，1888—1966）正在把这部作品翻译成英文。

里，时而又显形于阳光下的一朵水仙花。它使房间里的一群人高兴起来，并且让人牢记一些不经意说出来的话。它让一个在星空下独自走回家的人感到窒息，并使这个沉默的世界显得比话语的世界更加真实——然后它又出现在喧嚣的皮卡迪利大街上的一辆公共汽车上。有时，它也似乎栖身于一些形状中，而这些形状对我们而言太过遥远，我们无法看清它们的本质究竟是什么。但不论它触碰过什么，都会将其固定下来，成为永恒。这就是当白天的外表被扔进树篱中之后所剩下来的东西；这就是往日时光所遗留下来的东西，是我们的爱和恨所遗留下来的东西。作家，我想，有机会比其他人更多地生活在现实之中。发现现实、搜集现实并把现实传达给我们其余的人，就是他的责任所在。至少，我从阅读《李尔王》或《爱玛》或《追忆似水年华》中推断出来的就是这一点。因为阅读这些书，似乎给感官做了一个奇特的、清除白内障的手术；术后人能看得更加清晰；世界似乎被剥去了遮盖物，从而被赋予了一种更为热切的生命。那些与非现实为敌的人，是令人羡慕的；而那些因浑浑噩噩或漫不经心行事而被迎头痛击的人，是可怜的。因此，当我请求你们去挣钱并且拥有一间自己的房间时，我是请求你们生活在现实之中，这似乎是一种生机勃勃的生活，无论人们是否能把它传达出来。

到这儿我原本可以结束了，但迫于惯例，每一场演讲都必须得有一个慷慨激昂的结束语。而一个对女性群体所说的结束语，你们应该也会同意我这么说，尤其应该铿锵有力、义正词严。我应该要请求你们勿忘自己肩负重任，要设定更崇高的目标，要有更多的精神追求；我应该要提醒你们，有多少事要靠你们来完成，而你们又会对未来产生多么大的影响。但我想，这些劝诫可以放心地留给另一个性别去完成，他们会以我无法企及的、更为雄辩的方式来表达这些劝诫，而实际上，他们也已经这样做了。当我在自己的头脑中搜寻时，我找不到任何有关成为伙伴、同伴，并影响世界去实现更高的目标这样崇高的情绪。我发现自己只能简短地、平淡无奇地说，成为自己比其他任何事情都重要得多。我会说，不要梦想着影响其他人，我不知道如何能把它表达得听起来更加高尚一些。只需要想着事物本身。

通过翻阅报纸、小说和传记，我再一次记起，当一个女人跟其他女人说话时，她应该随时准备说一些十分令人不悦的话。女人对女人总是很刻薄。女人不喜欢女人。女人——但这个词难道不会让你感到极端厌恶吗？我可以向你们保证，我是如此。那么，我们不妨一致认为，一个女人读一篇文章给其他女人，应该以某种尤其令人不快的方式来结束。

可是要怎么说呢？我能想到什么呢？事实是，我时常很喜欢女人。我喜欢她们的不循常规。我喜欢她们的完整性。我喜欢她们的默默无闻。我喜欢——但我必须停下，不能这样没完没了地罗列下去。那边的那个橱柜——你们说它里面只放着干净的餐巾；但假如阿奇博尔德·鲍德金爵士[①]被藏在餐巾当中，那要怎么办呢？那就让我换用更为严肃一点的语气来说话吧。在我之前说过的话中，是否已经向你们充分传递了人类的警告和责难？我已经告诉你们，奥斯卡·勃朗宁先生对你们评价甚低。我已经暗示了拿破仑曾经如何看待你们，以及墨索里尼现在如何看待你们。万一

① 阿奇博尔德·鲍德金爵士（Sir Archibald Henry Bodkin，1862—1957）：英国律师，1917年被封爵，1920—1930年期间担任检察官，因此参与了《孤独之井》这一“淫秽”文学案的审理。值得注意的是，这是伍尔夫第三次提及这一案件，前两处参见此前的注释中对拜伦爵士和希克斯爵士的说明。

你们有人想立志于小说创作，我已经为你们抄下了那个评论家的忠告，即要勇敢承认自己性别的局限之处。我也谈到了 × 教授，而且也突出强调了他的声明，即女性在智力上、道德上以及身体上都比男性低劣。我已经传递了我偶然所得而非刻意探查的一切，最后这里还有一个警告，是约翰·兰登·戴维斯先生发出的。约翰·兰登·戴维斯先生警告女性，“当没人再想要孩子的时候，也就完全不需要女性了”。[1]我希望你们能记下这句话。

我如何能再进一步鼓励你们去经营好人生呢？年轻的女士们，在演讲快结束时，我想说，也请你们仔细听，依我看，你们无知得令人感到羞耻。你们从未做出过什么重大发现。你们从未动摇过一个帝国或带领军队去战斗。莎士比亚的戏剧不是你们写的，你们也从未对一个蛮夷之族进行文明的教化。你们该怎样为自己辩解呢？你们完全可以说——你们指着世界上的各条街道、各个广场以及片片森林，那里到处挤满了黑皮肤、白皮肤和棕色皮肤的居民，所有人都忙着来来往往、经营企业、求爱——我们手头都有其他事情要忙。如果没有我们的工作，那些海洋上不会有船只航行，而且那些肥沃的土地也会是一片荒漠。我们生育了十六亿二千三百万人——据统计，这是现存的人类总数——养育他们、给他们洗澡、教导他们，或许要一直到六七岁，而且即便是其中一些人在这一过程中得到了帮助，但总归是需要花时间。

你们说的是实话——我不会否认这一点。然而与此同时，是否可以容许我提醒你们，自1866年以来，在英格兰至少已开设两所女子学院；1880

① 出自约翰·兰登·戴维斯《女性简史》。——原注

年之后，法律允许已婚妇女拥有自己的财产；而在1919年——也就是整整九年之前，女性获得了投票权？是否也容许我提醒你们，现在大部分职业向你们开放已经将近十年了？当你们想到这些极大的特权，以及她们享受这些特权已经有这么长时间，当你们思考这么一个事实，即此时一定有大约两千名女性都能以某种方式一年挣到五百英镑，那你们就会赞同，缺少机会、培训、鼓励、闲暇时间和金钱等借口，就不再能够说得通了。此外，经济学家也告诉我们，西顿夫人生了太多的孩子。当然，你们必须要继续生孩子，但正如他们所说，生两三个就够了，而不是生十个、十二个。

这样一来，你们手头就会有一些时间，脑袋里会积累一些从书本上获取的知识——你们对另一种知识的储备已经十分充足，而且我猜，你们被送到大学里，部分的原因，正是要抵消你们掌握的另外一种知识——当然了，你们将会步入十分漫长、十分艰辛而且又充满不确定性的职业生涯的另外一个阶段。成千上万支笔已经随时准备好，等着建议你们应该做什么，你们会有什么样的影响。我本人的建议带有一些异想天开的色彩，这点我承认；因此，我更愿意以小说的形式把它提出来。

我在这篇文章中曾告诉你们，莎士比亚有个妹妹；不过不要在西德尼·李爵士[①]所写的诗人莎士比亚的传记中去寻找她。她年纪轻轻就已离世——唉，她从未写过只言片语。她被埋在现在公共汽车停靠的地方，就在大象和城堡的对面。然而我坚信，这位从未写过一个字、被埋在十字路口的

① 西德尼·李爵士（Sir Sidney Lee，1859—1926）：英国传记作家、文学评论家，《国家人物传记大辞典》的第二任编辑，1898年出版了《威廉·莎士比亚的一生》，该书大受欢迎，到了1905年已经出版了第五版。

诗人，依然还活着。她活在你我的心中，也活在许多其他今晚没有出现在这里的女性的心中，因为她们正在洗着餐具，正在哄着孩子睡觉。但是她活着，因为伟大的诗人从来不会死去，而是持续存在着，她们只需要一个机会就能够以真身走在我们中间。我想，现在到了你们有力量给予她这个机会的时候了。我相信，如果我们再活一个世纪左右——我在谈论的是共同的生活，也就是真实的生活，而不是那种我们作为个体所过着的狭隘的、互不相干的生活——而且我们每一个人一年都有五百英镑和我们自己的房间；如果我们有自由的习惯和完全按照我们自己的想法写作的勇气；如果我们从共用的客厅逃离一点点，看到人类并不总是与彼此关联，而是与现实关联；还有天空和树木，或者无论什么可以独立存在的其他事物；如果我们越过弥尔顿的幽灵[①]，因为没有人能阻挡得住视野；如果我们面对现实——因为这的确是一个现实——那就是没有什么力量可以依赖，我们都必须独自前行，我们的关系是与现实世界的关系，而不仅仅是与这个由男人和女人构成的世界的关系，那么机会就会到来，而莎士比亚的妹妹这位死去的诗人，就会在她时常舍下的躯体中复活。她会从那些前辈湮没无闻的生活中提取自己的生活，就像她的哥哥在她之前所做的那样，她会诞生。在我们没有做好准备，没有做出任何努力，没有下定决心让她诞生后发现活着是可能的、写诗是可能的，我们就无法期盼她会到来，因为那只是一种痴心妄想。但我坚信，如果我们为她而努力，她有朝一日必会到来，因此哪怕清贫如洗，哪怕寂寂无名，这样的努力也依然是值得的。

---

① 指的是前文提到的那个弥尔顿召唤的“绅士”。

经典译林

Yilin Classics

书名	单价	书名	单价
癌症楼	78.00 元	艾青诗集	35.00 元
爱的教育	39.00 元	安娜·卡列尼娜	65.00 元
安徒生童话选集	42.00 元	傲慢与偏见	36.00 元
奥德赛	92.00 元	八十天环游地球	32.00 元
巴黎圣母院	42.00 元	白洋淀纪事	39.00 元
百万英镑	35.00 元	包法利夫人	38.00 元
悲惨世界（上、下）	98.00 元	背影	28.00 元
被侮辱与被损害的人	39.00 元	边城	36.00 元
变色龙：契诃夫中短篇小说集	39.00 元	变形记 城堡	38.00 元
草叶集：惠特曼诗选	39.00 元	茶馆	32.00 元
茶花女	35.00 元	查拉图斯特拉如是说	38.00 元
沉思录	29.00 元	城南旧事	29.00 元
大卫·科波菲尔（上、下）	79.00 元	当代英雄	45.00 元
稻草人	29.00 元	地心游记	32.00 元
飞鸟集·新月集：泰戈尔诗选	39.00 元	飞向太空港	39.00 元
福尔摩斯探案集	58.00 元	复活	42.00 元
傅雷家书	49.00 元	富兰克林自传	36.00 元
钢铁是怎样炼成的	39.00 元	高老头	39.00 元
格列佛游记	35.00 元	格林童话全集	49.00 元
给青年的十二封信	38.00 元	古希腊悲剧喜剧集（上、下）	118.00 元

书名	单价	书名	单价
海底两万里	38.00 元	红楼梦	55.00 元
红与黑	49.00 元	呼兰河传	35.00 元
呼啸山庄	39.00 元	基督山伯爵（上、下）	108.00 元
纪伯伦散文诗经典	42.00 元	寂静的春天	35.00 元
假如给我三天光明	32.00 元	简·爱	39.00 元
金银岛	35.00 元	经典常谈	29.00 元
荆棘鸟	45.00 元	静静的顿河	128.00 元
镜花缘	49.00 元	局外人·鼠疫	38.00 元
菊与刀	35.00 元	宽容	32.00 元
昆虫记	39.00 元	老人与海	32.00 元
理想国	45.00 元	聊斋志异	55.00 元
列那狐的故事	39.00 元	猎人笔记	38.00 元
林肯传	39.00 元	鲁滨逊漂流记	39.00 元
鲁迅杂文选集	36.00 元	绿山墙的安妮	36.00 元
罗马神话	16.80 元	罗生门	39.00 元
骆驼祥子	32.00 元	美丽新世界	35.00 元
名人传	39.00 元	拿破仑传	49.00 元
呐喊	29.00 元	牛虻	38.00 元
欧·亨利短篇小说选	36.00 元	欧也妮·葛朗台	32.00 元
彷徨	32.00 元	培根随笔全集	38.00 元
飘（上、下）	88.00 元	普希金诗选	42.00 元
乞力马扎罗的雪	39.80 元	热爱生命·海狼	38.00 元
人间草木：汪曾祺散文精选	49.00 元	人类群星闪耀时	36.00 元
人性的弱点	39.00 元	日瓦戈医生	68.00 元

书名	单价	书名	单价
儒林外史	42.00 元	三个火枪手	59.00 元
三国演义	59.00 元	沙乡年鉴	42.00 元
莎士比亚喜剧悲剧集	49.00 元	少年维特的烦恼	28.00 元
神秘岛	48.00 元	神曲（共三册）	128.00 元
十日谈	68.00 元	双城记	45.00 元
水浒传	69.00 元	四世同堂（上、下）	78.00 元
苔丝	39.00 元	谈美	26.00 元
谈美书简	36.00 元	汤姆·索亚历险记	32.00 元
汤姆叔叔的小屋	45.00 元	唐诗三百首	39.00 元
堂吉诃德	78.00 元	天方夜谭	42.00 元
童年	38.00 元	童年·在人间·我的大学	49.00 元
瓦尔登湖	36.00 元	我是猫	39.00 元
乌合之众	35.00 元	物种起源	42.00 元
雾都孤儿	44.00 元	西顿野生动物故事集	38.00 元
西游记	48.00 元	希腊古典神话	49.00 元
乡土中国	36.00 元	小妇人	45.00 元
小王子	29.00 元	星星离我们有多远	35.00 元
羊脂球	38.00 元	一九八四	36.00 元
一间自己的房间	36.00 元	伊利亚特	82.00 元
伊索寓言全集	35.00 元	尤利西斯	58.00 元
约翰·克利斯朵夫（上、下）	98.00 元	月亮和六便士	45.00 元
战争与和平（上、下）	108.00 元	朝花夕拾	22.00 元
中国民间故事	39.00 元	子夜	49.00 元
最后一课	36.00 元	罪与罚	66.00 元